RENÉ BAZIN

La Terre

qui meurt

TRENTE-HUITIÈME ÉDITION

C L

4153

PARIS
CALMANN-LÉVY, ÉDITEURS
3, RUE AUBER, 3

LA

TERRE QUI MEURT

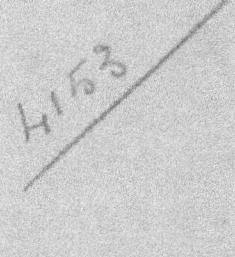

CALMANN LÉVY, ÉDITEUR

DU MÊME AUTEUR

Format grand in-18

Coulommiers. — Imp. Paul BRODARD. — 227-3-1902.

RENÉ BAZIN

LA

TERRE QUI MEURT

PARIS

CALMANN-LÉVY, ÉDITEURS

3, RUE AUBER, 3

LA TERRE QUI MEURT

I

LA FROMENTIÈRE

— Vas-tu te taire, Bas-Rouge! tu reconnais donc pas les gens d'ici?

Le chien, un bâtard de vingt races mêlées, au poil gris floconneux qui s'achevait en mèches fauves sur le devant des pattes, cessa aussitôt d'aboyer à la barrière, suivit en trottant la bordure d'herbe qui cernait le champ, et, satisfait du devoir accompli, s'assit à l'extrémité de la rangée de choux qu'effeuillait le métayer. Par le même chemin, un homme s'approchait, la tête au vent, guêtré, vêtu de vieux velours à côtes de teinte foncée. Il avait l'allure égale et directe des marcheurs de profession. Ses traits tirés et pâles dans le collier de barbe noire, ses yeux qui faisaient par habitude le tour des haies et ne se posaient guère,

1

disaient la fatigue, la défiance, l'autorité contestée
d'un délégué du maître. C'était le garde régisseur du marquis de la Fromentière. Il s'arrêta
derrière Bas-Rouge, dont les paupières eurent un
clignement furtif, dont l'oreille ne remua même
pas.

— Eh ! bonjour, Lumineau !

— Bonjour !

— J'ai à vous parler : M. le marquis a écrit.

Sans doute il espérait que le métayer viendrait
à lui. Il n'en fut rien. Le paysan maraîchin, ployé
en deux, tenant une brassée de feuilles vertes,
considérait de côté le garde immobile à trente pas
de là, dans l'herbe de la cheintre. Que lui voulait-
on ? Sur ses joues pleines un sourire s'ébaucha.
Ses yeux clairs, dans l'enfoncement de l'orbite,
s'allongèrent. Pour affirmer son indépendance, il
se remit à travailler un moment, sans répondre.
Il se sentait sur le sol qu'il considérait comme son
bien, que sa race cultivait en vertu d'un contrat
indéfiniment renouvelé. Autour de lui, ses choux
formaient un carré immense, houles pesantes et
superbes, dont la couleur était faite de tous les verts,
de tous les bleus, de tous les violets ensemble et
des reflets que multipliait le soleil déclinant. Bien
qu'il fût de très haute taille, le métayer plongeait

comme un navire, jusqu'à mi-corps, dans cette mer compacte et vivante. On ne voyait au-dessus que sa veste courte et son chapeau de feutre rond, posé en arrière, d'où pendaient deux rubans de velours, à la mode du pays. Et quand il eut marqué, par un temps de silence et de labeur, la supériorité d'un chef de ferme sur un employé à gages, il se redressa, et dit :

— Vous pouvez causer : n'y a ici que mon chien et moi.

L'homme répondit avec humeur :

— M. le marquis n'est pas content que vous n'ayez pas payé à la Saint-Jean. Ça fait bientôt trois mois de retard !

— Il sait pourtant que j'ai perdu deux bœufs cette année ; que le froment ne vaut sou, et qu'il faut bien qu'on vive, moi, mes fils et les créatures ?

Par « les créatures », il désignait, comme font souvent les Maraîchins, ses deux filles, Éléonore et Marie-Rose.

— Ta, ta, ta, reprit le garde ; ce n'est pas des explications que vous demande M. le marquis, mon bonhomme : c'est de l'argent.

Le métayer leva les épaules :

— Il n'en demanderait pas s'il était là, dans sa

Fromentière. Je lui ferais entendre raison. Lui et
moi nous étions amis, je peux dire, et son père
avec le mien. Je lui montrerais le changement qui
s'est produit chez moi, depuis les temps. Il com-
prendrait. Mais voilà : on n'a plus affaire qu'à des
gens qui ne sont pas les maîtres. On ne le voit
plus, lui, et d'aucuns disent qu'on ne le reverra
jamais. Le dommage est grand pour nous.

— Possible, fit l'autre, mais je n'ai pas à dis-
cuter les ordres. Quand payerez-vous ?

— C'est vite demandé : quand payerez-vous ?
mais trouver l'argent, c'est autre chose.

— Alors, je répondrai non ?

— Vous répondrez oui, puisqu'il le faut. Je
payerai à la Saint-Michel, qui n'est pas loin.

Le métayer allait se baisser pour reprendre son
travail, quand le garde ajouta :

— Vous ferez bien aussi, Lumineau, de sur-
veiller votre valet. J'ai relevé l'autre jour, dans
la pièce de la Cailleterie, des collets qui ne pouvaient être que de lui.

— Est-ce qu'il avait écrit son nom dessus ?

— Non ; mais il est connu pour le plus enragé
chasseur du pays. Gare à vous ! M. le marquis m'a
écrit que toute la maison partirait, si je vous
reprenais, les uns ou les autres, à braconner.

Le paysan laissa tomber sa brassée de choux, et, tendant les deux poings :

— Menteur, il n'a pas pu dire ça ! Je le connais mieux que vous, et il me connaît. Et ce n'est pas à des gars de votre espèce qu'il donnerait des commissions pareilles ! M. le marquis me renverrait de chez lui, moi, son vieux Lumineau ! Allons donc !

— Parfaitement, il l'a écrit.

— Menteur ! répéta le paysan.

— Que voulez-vous, on verra bien, dit le régisseur en se détournant pour continuer son chemin. Vous êtes averti. Ce Jean Nesmy vous jouera un vilain tour. Sans compter qu'il courtise un peu trop votre fille, lui, un failli gars du Bocage. On en cause, vous savez !

Rouge, la poitrine tendue en avant, enfonçant d'un coup de poing son chapeau sur sa tête, le métayer fit trois pas, comme pour courir sus à l'homme qui l'insultait. Mais déjà celui-ci, appuyé sur son bâton d'épine, avait repris sa marche, et son profil ennuyé s'éloignait le long de la haie. Il avait une certaine crainte de ce grand vieux dont la force était encore redoutable ; il avait surtout le sentiment de l'insuccès de ses menaces, le souvenir d'avoir été désavoué, plusieurs fois déjà, par le marquis de la Fromentière, le maître commun, dont il ne s'expliquait pas l'indulgence envers la famille des Lumineau.

Le paysan s'arrêta donc, et suivit du regard la silhouette diminuante du garde. Il le vit passer l'échalier, du côté opposé à la barrière, sauter dans le chemin et disparaître à gauche de la ferme, dans les sentes vertes qui menaient au château.

Quand il l'eut perdu de vue :

— Non, reprit-il tout haut, non, le marquis n'a pas dit ça ! nous chasser !

En ce moment, il oubliait les mauvais propos que l'homme avait tenus contre Marie-Rose, la fille cadette, pour ne songer qu'à cette menace de renvoi, qui le troublait tout entier. Lentement, il promena autour de lui ses yeux devenus plus rudes que de coutume, comme pour prendre à témoin les choses familières que le garde avait menti. Puis il se baissa pour travailler.

Le soleil était déjà très penché. Il allait atteindre la ligne d'ormeaux qui bordait le champ vers l'ouest, tiges émondées, courbées par le vent de mer, terminées par une touffe de feuilles en couronne, qui les faisait ressembler à de grandes reines-marguerites. On était au commencement

de septembre, à cette heure du soir où des bouffées
de chaleur traversent le frais nocturne qui descend.
Le métayer travaillait vite et sans arrêt, comme
un homme jeune. Il étendait la main, et les
feuilles, avec un bruit de verre brisé, cassaient
au ras des troncs de choux, et s'amoncelaient
sous la voûte obscure qui couvrait les sillons.
Il était plongé dans cette ombre, d'où montait
l'haleine moite de la terre, perdu au milieu de
ces larges palmes veloutées, toutes molles de
chaleur, que soutenaient des nervures striées de
pourpre. En vérité, il faisait partie de cette végétation, et il eût fallu chercher, pour discerner le
dos de sa veste dans le moutonnement vert et
bleu de son champ. Il disparaissait presque.
Cependant, si près qu'il fût du sol par son corps
tout ployé, il avait une âme agissante et songeuse,
et, en travaillant, il continuait de raisonner sur
les choses de la vie. L'irritation qu'il avait res-
sentie des menaces du garde s'atténuait. Il n'avait
qu'à se souvenir, pour ne rien craindre du marquis de la Fromentière. N'étaient-ils pas tous
deux de noblesse, et ne le savaient-ils pas l'un et
l'autre? Car le métayer descendait d'un Lumineau
de la grande guerre. Et, bien qu'il ne parlât
jamais de ces aventures anciennes, à cause des

temps qui avaient changé, ni les nobles ni les
paysans n'ignoraient que l'aïeul, un géant sur-
nommé Brin-d'Amour, avait conduit jadis dans
sa yole, à travers les marais de Vendée, les
généraux de l'insurrection, et fait des coups
d'éclat, et reçu un sabre d'honneur, qu'à présent
la rouille rongeait, derrière une armoire de la
ferme. Sa famille était une des plus profondément
enracinées dans le pays. Il cousinait avec trente
fermes, répandues dans le territoire qui s'étend
de Saint-Gilles à l'île de Bouin et qui forme le
Marais. Ni lui, ni personne n'aurait pu dire à
quelle époque ses pères avaient commencé à
cultiver les champs de la Fromentière. On était
là sur parole, depuis des siècles, marquis d'un
côté, Lumineau de l'autre, liés par l'habitude,
comprenant la campagne et l'aimant de la même
façon, buvant ensemble le vin du terroir quand
on se rencontrait, n'ayant, ni les uns ni les
autres, la pensée qu'on pût quitter les deux maisons voisines, le château et la ferme, qui portaient
le même nom. Et certes, l'étonnement avait été
grand, lorsque le dernier marquis, M. Henri, un
homme de quarante ans, plus chasseur, plus
buveur, plus rustre qu'aucun de ses ancêtres, avait
dit à Toussaint Lumineau, voilà huit ans, un

matin de Noël qu'il tombait du grésil: « Mon Toussaint, je m'en vas habiter Paris, ma femme ne peut pas s'habituer ici. C'est trop triste pour elle, et trop froid. Mais ne te mets en peine ; sois tranquille : je reviendrai. » Il n'était plus revenu qu'à de rares occasions, pour une journée ou deux. Mais il n'avait pas oublié le passé, n'est-ce pas? Il était demeuré le maître bourru et serviable qu'on avait connu, et le garde mentait, en parlant de renvoi.

Non, plus Toussaint Lumineau réfléchissait, moins il croyait qu'un maître si riche, si volontiers prodigue, si bon homme au fond, eût pu écrire des mots pareils. Seulement, il faudrait payer. Eh bien, on payerait ! Le métayer n'avait pas deux cents francs d'argent comptant dans le coffre de noyer, près de son lit ; mais les enfants étaient riches de plus de deux mille francs chacun, qu'ils avaient hérités de leur mère, la Lumi-nette, morte voilà trois ans. Il demanderait donc à François, le fils cadet, de lui prêter ce qu'il fallait pour le maître. François n'était point un enfant sans cœur, assurément, et il ne laisserait pas le père dans l'embarras. Une fois de plus, l'incertitude du lendemain s'évanouirait, et les récoltes viendraient, une belle année, qui rétabli-raient la joie dans le cœur de tous.

1.

Las de demeurer courbé, le métayer se redressa, passa sur son visage en sueur le bord de sa manche de laine, puis regarda le toit de sa Fromentière, avec l'attention de ceux qui ont tout leur amour devant eux. Pour s'essuyer le front, il avait ôté son chapeau. Dans le rayon oblique qui déjà ne touchait plus les herbes ni les choux, dans la lumière affaiblie et apaisée comme une vieillesse heureuse, il levait son visage ferme de lignes et solidement taillé. Son teint n'était point terreux comme celui des paysans parcimonieux de certaines provinces, mais éclatant et nourri. Les joues pleines que bordait une étroite ligne de favoris, le nez droit et large du bas, la mâchoire carrée, tout le masque enfin, et aussi les yeux gris clair, les yeux vifs qui n'hésitaient jamais à regarder en face, disaient la santé, la force, et l'habitude du commandement, tandis que les lèvres tombantes, longues, fines malgré le hâle, laissaient deviner la parole facile et l'humeur un peu haute d'un homme du Marais, qui n'estime guère tout ce qui n'est point de chez lui. Les cheveux tout blancs, incultes, légers, formaient bourrelet, et luisaient au-dessus de l'oreille.

Ainsi découvert et immobile dans le jour finissant, il avait grand air, le métayer de la Fromen-

tière, et l'on comprenait le surnom, la « seigneu-
rie » comme ils disent, dont on usait pour lui.
On l'appelait Lumineau l'Évêque, pour le distin-
guer des autres du même nom : Lumineau le
Pauvre, Lumineau Barbe-Fine, Lumineau Tour-
nevire.

Il considérait de loin sa Fromentière. Entre les
troncs des ormes, à plusieurs centaines de mètres
au sud, le rose lavé et pâle des tuiles s'encadrait
en émaux irréguliers. Le vent apportait le mugis-
sement du bétail qui rentrait, l'odeur des étables,
celle de la camomille et des fenouils qui foison-
naient dans l'aire. Toute l'image de sa ferme se
levait pour moins que cela dans l'âme du métayer.
En voyant la lueur dernière de son toit dans le
couchant du jour, il nomma les deux fils et les
deux filles qu'abritait la maison, Mathurin, François, Éléonore, Marie-Rose, lourde charge, épreuve
et douceur mêlées de sa vie : l'aîné, son superbe
aîné, atteint par le malheur, infirme, condamné à
n'être que le témoin douloureux du travail des
autres; Éléonore, qui remplaçait la mère morte;
François, nature molle, en qui n'apparaissait
qu'incertain et incomplet le futur maître de la
ferme; Rousille, la plus jeune, la petite de vingt
ans... Est-ce que le garde avait encore fait une

menterie en parlant des assiduités du valet ? C'était
probable. Comment un valet, le fils d'une pauvre
veuve du Bocage, de la terre lourde de là-bas,
aurait-il osé courtiser la fille d'un métayer maraîchin ? De l'amitié, il pouvait en avoir, et du respect pour cette jolie fille dont on remarquait le
visage rose, oui, lorsqu'elle revenait, le dimanche,
de la messe de Sallertaine; mais autre chose ?...
Enfin, on veillerait... Toussaint Lumineau ne
pensa qu'un instant à cette mauvaise parole que
l'homme avait dite, et, tout de suite après, il
songea, avec une douceur et un apaisement de
cœur, à l'unique absent, au fils qui par la nais-
sance précédait Rousille, André, le chasseur
d'Afrique, qui avait suivi comme ordonnance, en
Algérie, son colonel, un frère du marquis de la
Fromentière. Ce dernier fils, avant un mois il
rentrerait, libéré du service. On le verrait, le
beau Maraîchin blond, aux longues jambes, por-
trait du père rajeuni, tout noble, tout vibrant
d'amour pour le pays de Sallertaine et pour la
métairie. Et les inquiétudes s'oublieraient et se
fondraient dans le bonheur de retrouver celui qui
faisait se détourner les dames de Challans, quand
il passait, et dire : « C'est le beau gars dernier
des Lumineau ! »

Le métayer demeurait ainsi, bien souvent, après le travail fini, en contemplation devant sa métairie. Cette fois, il resta debout plus longtemps que de coutume, au milieu des houles fuyantes des feuilles, devenues ternes, grisâtres, pareilles dans l'ombre à des guérets nouveaux. Les arbres eux-mêmes n'étaient plus que des fumées vagues autour des champs. Le grand carré de ciel, extrêmement pur, qui s'ouvrait au-dessus, tout plein de rayons brisés, ne laissait tomber sur les choses qu'un peu de poussière de jour, qui les montrait encore, mais ne les éclairait plus. Lumineau mit ses deux mains en porte-voix devant sa bouche, et, tourné vers la Fromentière, héla :

— Ohé ! Rousille ?

Le premier qui répondit à l'appel fut le chien, Bas-Rouge, accouru comme une trombe de l'extré-mité de la pièce. Puis une voix nette, jeune, s'éleva au loin et traversa l'espace :

— Père, on y va !

Aussitôt, le paysan se courba, saisit une corde dont il entoura et serra un monceau de feuilles cueillies, et, chargeant le fardeau d'un coup d'épaule, chancelant sous la pesée de l'énorme botte qui dépassait de toutes parts son échine, ses bras relevés, sa tête enfoncée dans la moisson molle, il suivit le sillon, tourna, et descendit par la piste qu'avaient tracée dans l'herbe les pieds des gens et des bêtes. Au moment où il arrivait au coin du champ, devant une brèche de la haie, une forme svelte de toute jeune fille se dressa dans le clair de la trouée. Rousille passa, d'un mouvement souple, par-dessus l'échalier, et, quand elle eut passé, ses jupes retombèrent, courtes, sur ses jambes, laissant voir ses bas noirs et ses sabots à bout relevé.

— Bonsoir, père ! dit-elle.

Il ne put s'empêcher de songer aux mauvais propos qu'avait tenus le garde, et ne répondit pas.

Marie-Rose, les deux poings sur les hanches, remuant sa petite tête comme si elle pensait des choses graves, le regarda s'éloigner. Puis elle entra dans les sillons, ramassa le reste des feuilles laissées à terre, les noua avec la corde qu'elle avait apportée, et, comme avait fait le père, souleva la masse verte. Elle s'en alla, courbée, rapide pourtant, le long de la cheintre.

Pénétrer dans le champ, rassembler et lier les feuilles, cela lui avait bien demandé dix minutes. Le père devait être rentré Elle approchait de l'échalier, quand, tout à coup, du haut du talus dont elle suivait le pied, un sifflement sortit, comme celui d'un vanneau. Elle n'eut pas peur. Un homme sautait dans le champ, par-dessus les ronces. Rousille, devant elle, dans la voyette, jeta sa charge. Il ne s'avança pas plus loin, et ils se mirent à se parler par phrases brèves.

— Oh ! Rousille ! comme vous en portez lourd !

— Je suis forte, allez ! Avez-vous vu le père ?

— Non, j'arrive. Est-ce qu'il a parlé contre moi ?

— Il n'a rien dit. Mais il m'a regardée d'une manière !... Croyez-moi, Jean, il se méfie. Vous ne devriez pas passer cette nuit dehors, car il n'aime guère la braconne, et il vous grondera.

— Qu'est-ce que ça peut lui faire, que je chasse la nuit, si je travaille le matin d'aussi bonne heure que les autres ? Est-ce que je rechigne à la besogne ? Rousille, ceux de la Seulière et aussi le meunier de Moque-Souris m'ont dit que les vanneaux commençaient à passer dans le Marais. J'en tuerai à la lune, qui sera claire cette nuit Et vous en aurez demain matin.

— Jean, fit-elle, vous ne devriez pas... je vous assure.

L'homme portait un fusil en bandoulière. Par-dessus sa veste brune, il avait une blouse très courte, qui descendait à peine à la ceinture. Il

était jeune, petit, de la même taille à peu près
que Rousille, très nerveux, très noir, avec des
traits réguliers, pâles, que coupait une moustache
à peine relevée aux coins de la bouche. La couleur seule de son teint indiquait qu'il n'était pas
né dans le Marais, où la brume amollit et rosit la
peau, mais en pays de terre dure, dans la misère
des closeries ignorées. On pouvait deviner, cependant, à son visage osseux et ramassé, à la ligne
droite des sourcils, à la mobilité ardente des
yeux, un fonds d'énergie indomptable, une ténacité
qu'aucune contradiction n'entamait. Pas un instant, les craintes de Marie-Rose ne le troublèrent.
Un peu pour l'amour d'elle, beaucoup pour
l'attrait de la chasse et de la maraude nocturne
qui domine tant d'âmes primitives comme la
sienne, il avait résolu d'aller chasser cette nuit
dans le Marais. Et rien ne l'eût fait céder, pas
même l'idée de déplaire à Rousille. Celle-ci avait
l'air d'une enfant. Avec sa taille plate, sa fraîcheur
de Maraîchine, l'ovale plein de ses joues, la courbe
pure du front, que resserraient un peu sur les
tempes deux bandeaux bien lissés, ses lèvres
droites, dont on ne savait si elles se redresseraient
pour rire ou s'abaisseraient pour pleurer, elle
ressemblait à ces vierges grandissantes qui mar-

chent dans les processions, portant une banderole.
Seuls les yeux étaient d'une femme, ses yeux
couleur de châtaigne mûre, de la même nuance
que les cheveux, et où vivait, où luisait une
tendresse toute jeune, mais sérieuse déjà, et digne,
et comme sûre de durer. Sans le savoir, elle
avait été aimée longtemps par ce valet de son
père. Depuis un an, elle s'était secrètement engagée
envers lui. Sous la coiffe de mousseline à fleurs, en
forme de pyramide, qui est celle de Sallertaine,
quand elle sortait de la messe, le dimanche, bien
des fils de métayers, éleveurs de chevaux et de
bœufs, la regardaient pour qu'elle les regardât.
Elle ne faisait point attention à eux, s'étant
promise à Jean Nesmy, un taciturne, un étranger,
un pauvre, qui n'avait de place, d'autorité ou
d'amitié que dans le cœur de cette petite. Déjà
elle lui obéissait. A la maison, ils ne se disaient
rien. Dehors, quand ils pouvaient se joindre, ils
se parlaient, toujours en hâte, à cause de la sur-
veillance des frères, et de Mathurin surtout,
l'infirme, terriblement rôdeur et jaloux. Cette
fois encore, il ne fallait pas qu'on les surprît.
Jean Nesmy, sans s'arrêter aux inquiétudes de
Marie-Rose, demanda donc rapidement :

— Avez-vous tout apporté ?

Elle céda, sans insister davantage.

— Oui, dit-elle.

Et, fouillant dans la poche de sa robe, elle tira
une bouteille de vin et une tranche de gros pain.
Puis elle tendit les deux objets, avec un sourire
dont tout son visage, dans la nuit grise, fut
éclairé.

— Voilà, mon Jean ! fit-elle. J'ai eu du mal :
Lionore est toujours à me guetter, et Mathurin
me suit partout.

Sa voix chantait, comme si elle eût dit : « Je
t'aime. » Elle ajouta :

— Quand reviendrez-vous ?

— Au petit jour, par le verger clos.

En parlant, le jeune gars avait soulevé sa
blouse, et ouvert une musette de toile rapportée
du régiment et pendue à son cou. Il y plaça
le vin et le pain. Occupé de ce détail, l'esprit
concentré sur la chose du moment, il ne vit pas
Rousille qui écoutait, penchée, une rumeur
venue de la ferme. Quand il eut boutonné les
deux boutons de la musette, la jeune fille écoutait
encore.

— Que vais-je répondre, dit elle gravement,
si le père demande après vous, tout à l'heure ?
Le voilà qui pousse la porte de la grange.

Jean Nesmy toucha de la main son feutre sans galon et plus large que ceux du Marais; il eut un petit rire qui découvrit ses dents, blanches comme de la miche fraîche, et dit :

— Bonsoir, Rousille! Vous direz au père que je passe la nuit dehors, pour rapporter des vanneaux à ma bonne amie!

Il se détourna, d'un geste prompt gravit le talus, sauta dans le champ voisin, et, une seconde seulement, le canon de son fusil trembla en s'éloignant parmi les branches.

Rousille demeura devant la brèche de la haie. Elle avait son âme qui courait par ce chemin et qui ne revenait pas. Puis, pour la seconde fois, une rumeur passa dans l'ombre, des cris de volaille effarouchée, des battements d'ailes, un bruit de fer grinçant. C'était le signe qu'Éléonore, comme chaque soir avant le souper, verrouillait la porte de l'appentis où couchaient les poules. Marie-Rose serait en retard. Vite, elle reprit sa charge de feuilles, franchit l'échalier, et força le pas vers la Fromentière.

Elle eut bientôt fait d'arriver à la route herbeuse et inégale qui venait, en tournant, des profondeurs du pays haut, et qui aboutissait, un peu plus bas, à la lisière du Marais. Elle la

traversa, poussa le portillon d'une grande barrière, suivit un mur à demi croulant et vêtu
de feuillages, et, par un portique dont l'arche
ruinée, béante sur le ciel, trouait solennellement
la vieille enceinte, entra dans une cour tout
enveloppée de bâtiments. La grange où s'entas-
sait le fourrage vert était à gauche, près de
l'étable. La jeune fille y jeta la provision de
choux qu'elle apportait, et, secouant sa robe
mouillée, s'approcha de la maison longue, basse,
couverte en tuiles, qui barrait le fond. Devant la
dernière porte à droite, dont les fentes et le trou
de la serrure brillaient, elle s'arrêta un peu. Une
crainte, qu'elle éprouvait souvent, l'avait saisie.
On entendait, de l'intérieur, un bruit de cuillers
heurtant les assiettes, des voix d'hommes, un pas
traînant sur le carreau. Le plus doucement
qu'elle put, elle ouvrit, et se glissa dans la
salle.

La famille était là réunie. Quand la jeune fille
entra, tous les regards se tournèrent vers elle,
mais aucune parole ne lui fut dite. Elle s'avança
le long du mur, se sentant isolée, tâchant de
retenir le claquement de ses sabots, pour qu'on
l'observât moins longtemps, et elle se pencha
au-dessus du feu, les mains tendues à la flamme,

comme si elle avait froid. Sa sœur Éléonore, une
fille haute sur jambes, au profil chevalin, aux
yeux bleus sans vie dans un visage épais, se
recula devant elle, soit pour lui faire place, soit
pour marquer la contrariété d'humeur qui existait
entre elle et Rousille, et continua de manger un
morceau de pain et quelques bribes de viande, où
elle mordait debout, sans s'asseoir, selon l'usage
des femmes de Vendée, dans les vieilles familles.
L'auvent, noir de suie, les couvrait ensemble.
Elles se tenaient aux deux côtés du foyer. Entre
elles s'échappaient les éclairs de la flambée, qui
illuminaient, pour une seconde, les habitants et
les meubles de cette vaste salle, bâtie pour des
bourgeois campagnards, au temps où le bois
abondait, et au-dessus de laquelle s'étendaient,
rigides comme au premier jour, brunies par la
fumée, la poussière et les mouches, une infinité
de poutrelles liées à la poutre maîtresse. Ils
faisaient luire les colonnes lisses de deux lits à
baldaquin, rangés près de la muraille, en face
de la cheminée, les coffres de noyer servant de
marchepied par lesquels on accédait à ces lits
démesurément élevés, deux armoires, quelques
photographies et un chapelet groupés au chevet
du premier des lits, autour d'un crucifix de

cuivre. Les trois hommes devant la table, au
milieu de la pièce, étaient assis sur le même
banc, par ordre de dignité, le père d'abord, le
plus loin de l'entrée, puis Mathurin, puis François. Une lampe à pétrole, du plus petit modèle,
éclairait leurs fronts penchés, la soupière, un
plat de lard froid et un autre de pommes crues.
Ils ne mangeaient pas à même la soupière, comme
beaucoup de paysans, mais chacun avait une
assiette, un couvert de métal blanc, un couteau à manche noir, un couteau qui n'était
pas de poche, luxe introduit par François, au
retour du régiment, et d'où le vieux métayer
avait conclu que le monde changeait bien, au
dehors.

Toussaint Lumineau avait l'air soucieux, et il
se taisait. Son vieux visage, mâle et tranquille,
contrastait étrangement avec la figure difforme
de l'aîné, Mathurin. Autrefois, ils s'étaient
ressemblé. Mais, depuis le malheur dont on ne
parlait jamais et qui hantait toutes les mémoires
à la Fromentière, le fils n'était plus que la cari-
cature, la copie monstrueuse et souffrante du
père. La tête, volumineuse, coiffée de cheveux
roux, rentrait dans les épaules, elles-mêmes
relevées et épaissies. La largeur du buste, la

longueur des bras et des mains dénonçaient une
taille colossale, mais quand ce géant se dressait,
entre ses béquilles, on voyait un torse tout tassé,
tout contourné et deux jambes qui pendaient au-
dessous, tordues et molles. Ce corps de lutteur
se terminait par deux fuseaux atrophiés, capables
au plus de le soutenir quelques secondes, et d'où
la vie, peu à peu, sans répit, se retirait. Il avait
à peine dépassé la trentaine, et déjà sa barbe,
qu'il avait plantée jusqu'aux pommettes, grison-
nait par endroits. Au milieu de cette broussaille
étalée, qui rejoignait les cheveux et lui donnait
un air de fauve, au-dessus des pommettes qu'un
sang boueux marbrait, on découvrait deux yeux
d'un bleu noir, petits, tristes, où éclatait, par
moment, tout à coup, la violence exaspérée de
ce condamné à mort, qui comptait chaque progrès
du supplice. Une moitié de lui-même assistait,
avec une colère d'impuissance, à la lente agonie
de l'autre. Des rides sillonnaient le front et cou-
paient l'intervalle entre les sourcils. « Pauvre
grand Lumineau, le plus beau fils de chez nous,
ce qu'il est devenu ! » disait la mère, autrefois.

Elle avait raison de le plaindre. Six ans plus
tôt, il était rentré du régiment, superbe comme
il était parti. Trois ans de caserne avaient glissé,

presque sans les entamer, sur sa nature toute
paysanne et sauvage, sur ses rêves de labour et
de moisson, sur les habitudes de croyant qu'il
tenait de sa race. Le mépris inné de la ville avait
tout défendu à la fois. On avait dit en le revoyant:
« L'aîné des Lumineau ne ressemble pas aux
autres gars, il n'a pas changé. » Or, un soir
qu'il avait conduit un chargement de blé, chez le
minotier de Challans, il revenait dans sa charrette
vide. Près de lui, assise sur une pile de sacs, il
écoutait rire une fille de Sallertaine, Félicité
Gauvrit, de la Seulière, dont il voulait faire sa
femme. Les chemins commençaient à s'emplir
d'ombre. Les ornières se confondaient avec les
touffes d'herbes. Lui cependant, tout occupé de
sa bonne amie, sachant que le cheval connaissait
la route, il ne tenait pas les guides, qui tom-
bèrent et traînèrent sur le sol. Et voici qu'au
moment où ils descendaient un raidillon, près de
la Fromentière, le cheval, fouetté par une branche,
prit le galop. La voiture, jetée d'un côté à l'autre,
menaçait de verser, les roues s'enlevaient sur les
talus, la fille voulait sauter. « N'aie pas peur, Félicité, laisse-moi faire ! » cria le gars. Et il se mit
debout, et il s'élança en avant, pour saisir le cheval au mors et l'arrêter. Mais l'obscurité, un cahot,

le malheur enfin le trompèrent : il glissa le long
du harnais. Deux cris partirent ensemble, de dessus la charrette et de dessous. La roue lui avait
passé sur les jambes. Quand Félicité Gauvrit put
courir à lui, elle le vit qui essayait de se relever
et qui ne pouvait pas. Huit mois durant, Mathurin
Lumineau hurla de douleur. Puis la plainte s'étei-
gnit ; la souffrance devint lente : mais la mort
s'était mise dans ses pieds, puis dans ses genoux,
et elle ne le quittait pas... A présent, il tire la
moitié de son corps derrière lui ; il rampe sur ses
genoux et sur ses poignets devenus énormes. Il
peut encore conduire une yole à la perche, sur les
canaux du Marais, mais la marche l'épuise vite.
Dans un chariot de bois, comme en ont les enfants
des fermes pour jouer, son père ou son frère
l'emmène aux champs éloignés où la charrue les
précède. Et il assiste, inutile, au travail pour
lequel il était né, qu'il aime encore, désespéré-
ment. « Pauvre grand Lumineau, le plus beau fils
de chez nous ! » Toute gaieté a disparu. L'âme s'est
transformée comme le corps. Elle s'est fermée. Il
est dur, il est soupçonneux, il est méchant. Ses
frères et ses sœurs cachent leurs moindres démar-
ches à cet homme pour qui le bonheur des autres
est un défi à son mal ; ils redoutent son habileté

2

à découvrir les projets d'amour, sa perfidie qui
cherche à les rompre. Celui qui ne sera pas aimé
ne veut pas qu'on aime. Il ne veut pas surtout
qu'un autre prenne la place qui lui revenait de
droit en sa qualité d'aîné, celle de futur maître,
de successeur du père dans le commandement de
la métairie. Pour cette raison il jalouse François,
et plus encore André, le beau chasseur d'Afrique,
le préféré du père ; il jalouse même le valet qui
pourrait devenir dangereux, s'il épousait Rousille.
Mathurin Lumineau dit quelquefois : « Si je gué-
rissais ! Il me semble que je suis mieux ! »
D'autres fois, une sorte de rage s'empare de lui,
pendant des jours il reste muet, retiré dans les
coins de la maison ou dans les étables, puis les
larmes viennent et fondent sa colère. En de tels
moments, un seul homme peut l'approcher : le
père. Une seule chose attendrit l'infirme : voir les
champs de chez lui, les labours de ses bœufs, les
semailles d'où naîtront les avoines et les blés, les
horizons où il a connu la vie pleine. Depuis six
ans que celle-ci l'a quitté, il n'a pas reparu dans
le bourg de Sallertaine, même pour ses Pâques,
qu'il ne fait plus. Jamais il n'a rencontré sur sa
route Félicité Gauvrit, de la Seulière. Seulement,
il demande quelquefois à Éléonore : « Entends-tu

raconter qu'elle se marie ? Est-elle belle toujours, comme au temps où j'avais ses amitiés ? »

Lorsque Marie-Rose entra dans la salle de la Fromentière, ce fut lui seul qu'elle regarda, à la dérobée, et il lui parut qu'il avait son mauvais rire, et qu'il avait vu ou deviné la sortie du valet.

Près de Mathurin était assis François, bien différent de l'aîné, homme de taille moyenne, gras, rose et réjoui. Celui-là, Rousille ne le craignait point. Il s'occupait de son plaisir plus que de tout le reste. Travailleur médiocre, dépensier, coureur de foires et de marchés, il était facile à vivre car il avait besoin des autres. Physiquement et moralement, il ressemblait à Éléonore, de deux ans plus âgée que lui, ayant comme elle la figure large, des yeux bleus peu vivants, et une apathie de nature qui leur valait à tous deux les semonces fréquentes du père. Mais, tandis que la fille, protégée par le milieu, par l'influence de la mère à présent disparue, paysanne obscure et sainte, comme il en existe tant encore dans ces campagnes profondes, demeurait honnête, lui, la caserne l'avait perdu. Il avait subi la discipline militaire, mais sans en comprendre la nécessité, sans en retirer le profit qu'elle peut donner. On l'avait commandé, on l'avait puni, et fait aller, et fait

revenir pendant trois années, mais jamais il ne
s'était senti aimé, soutenu dans les quelques bonnes
intentions timides qu'il avait apportées de chez
lui, traité en homme qui a une âme, et que grandit
son sacrifice humble. En revanche, tout le mal de
la caserne avait eu prise sur lui : les exemples de
la chambrée, les conversations, le perpétuel souci
d'échapper à la règle, les préjugés, les corruptions
multiples de tous ces hommes arrachés au foyer,
dépaysés, nouveaux à la tentation des villes, et
dont la jeunesse en crise ne trouvait pas un guide.
Il n'était ni meilleur ni pire que la moyenne de
ceux qui rentrent dans les campagnes. Il avait
rapporté à la Fromentière un souvenir de mauvais lieux qui le suivait partout, une défiance
contre toute autorité, le dégoût du travail dur,
indéfini, inégalement productif des champs, qu'il
comparait avec de vagues emplois civils, dont on
avait vanté devant lui les loisirs et la sécurité.
Qu'il était loin, le jeune Maraîchin sauvage, au
regard insouciant, l'inséparable compagnon d'André, et son modèle en ce temps-là, son protecteur,
qui s'en allait par les levées des canaux, fendant
l'air avec une baguette de tamarin, pour voir
si les vaches n'avaient pas franchi la clôture du
pré, ou pour chercher les canes égarées dans

les fossés! L'homme n'avait repris que malgré
lui et faute de mieux le soin des bêtes et le
manche de la charrue. La proximité de Challans,
de ses cabarets et de ses auberges peu sévères
le tentait. Les camarades le relançaient, et il se
laissait entraîner, toujours faible et passif. Le
mardi surtout, qui est jour de marché, le père ne
voyait que trop souvent ce fils de vingt-sept ans
quitter la métairie, sous des prétextes variés, à
l'heure brune, pour ne rentrer que tard dans la
nuit, abruti, insensible aux reproches. Il en
ressentait une peine qui ne le quittait point.
A cause de François, la Fromentière n'était plus
le lieu sacré que tous aimaient, défendaient,
d'où personne ne songeait à s'éloigner. Dans
cette salle où la famille était en ce moment
rassemblée, que de mères, que d'enfants, que
d'aïeux unis ou résignés avaient vécu! Dans ces
hauts lits qui garnissaient les murs, quelles
lignées innombrables avaient été conçues, nour-
ries, s'étaient couchées enfin, tranquilles, pour la
dernière fois! On avait souffert là et pleuré,
mais on n'avait point été ingrat. Toute une forêt
aurait été remise sur pied, si le bois brûlé dans
cette cheminée, par des gens du même nom,
avait pu reprendre racine. Qu'en serait-il désor-

2.

mais des descendants ? Le vieux avait remarqué justement, depuis des mois déjà, que François et Éléonore complotaient quelque chose. Ils recevaient des lettres, l'un ou l'autre, dont ils ne disaient rien ; ils se parlaient aux coins des champs ; quelquefois la fille écrivait le dimanche, sur du papier sans fleur, comme on fait quand on n'écrit point à des amis. Et l'idée lui était venue que ces deux enfants, las d'être gouvernés et grondés, bien doucement pourtant, cherchaient une métairie où ils seraient leurs maîtres, dans quelque paroisse voisine. Il n'osait pas approfondir cette pensée-là. Il la repoussait comme un soupçon injuste. Mais elle traversait son esprit, car il n'avait pas de plus grand souci que l'avenir de la Fromentière, et François, c'était l'héritier, maintenant, depuis le malheur de l'aîné. Quand le travail était à peu près bon, le père songeait avec joie : « Voilà mon gars qui s'y remet, tout de même ! »

En vérité, des quatre enfants qui se trouvaient groupés dans la salle de la grande ferme, en cette soirée de septembre, une seule personnifiait, intacts, tous les caractères et toutes les énergies de la race : c'était la petite Rousille, qui mordait un grignon de pain donné par Éléonore. Une

seule physionomie exprimait l'ardeur de vivre,
la santé pleine du corps et de l'âme, la vaillance
qui n'a pas lutté encore et qui attend son heure :
c'était celle de la jeune fille à qui personne encore
n'avait parlé, et qui restait toute droite dans la
haute cheminée.

— Voilà la soupe finie, dit le métayer. Allons,
Mathurin, pique une tranche de lard avec moi !

— Non, c'est toujours la même chose, chez nous.

— Eh ! tant mieux, répondit le père, c'est bon,
le lard : moi je l'aime !

Mais l'infirme, repoussant le plat et haussant les
épaules, murmura :

— L'autre viande est trop chère, à présent, pas
vrai ?

Toussaint Lumineau fronça le sourcil, au rappel
de l'ancienne prospérité de la Fromentière, mais
il dit sans se fâcher :

— En effet, mon pauvre Mathurin, l'année est
dure et la dépense est grosse.

Puis voulant changer de sujet :

— Est-ce que le valet n'est pas rentré ?

Trois voix, l'une après l'autre, répondirent :

— Je ne l'ai pas vu ! Ni moi ! Ni moi !

Après un silence, pendant lequel tous les yeux
se levèrent du côté de la cheminée :

— Il faut demander cela à Rousille, dit Éléonore. Elle doit avoir des nouvelles.

La petite, à demi tournée vers la table, le reflet du feu dessinant sa silhouette, répondit :

— Sans doute, j'en ai. Je l'ai rencontré au tournant de la virette de chez nous : il va chasser.

— Encore ! fit le métayer. Il faudra pourtant que ça finisse ! Le garde de M. le marquis, ce soir, comme je serrais mes choux, m'a fait reproche de son braconnage.

— Est-ce qu'il n'est pas libre d'aller aux vanneaux ? demanda Rousille. Tout le monde y va !

Éléonore et François poussèrent un grognement de mépris, pour marquer leur hostilité contre le Boquin, l'étranger, l'ami de Rousille. Le père, rassuré par la pensée que le garde n'irait assurément pas troubler la chasse de Jean Nesmy dans le Marais, terre neutre où chacun pille, comme il lui plaît, les bandes d'oiseaux de passage, se pencha de nouveau au-dessus de l'assiette. François commençait à s'assoupir, et ne mangeait plus. L'infirme buvait lentement, les yeux vagues devant lui, songeant peut-être à la chasse qu'il avait aimée, lui aussi. Il y eut un moment de paix apparente. Le vent, par les fentes de la porte, entrait avec un sifflement doux, vent d'été, égal comme une marée. Les deux filles s'étaient assises au coin de la cheminée, pour achever de souper avec une pomme, qu'elles pelaient attentivement.

Mais l'esprit du métayer avait été mis en marche par la conversation avec le garde et par le mot qu'avait dit tout à l'heure Mathurin : « C'est trop cher à présent. » L'ancien revoyait les années disparues, dont ses quatre enfants rassemblés là, témoins inégaux, n'avaient connu qu'une partie plus ou moins grande, suivant l'âge. Tantôt il considérait Mathurin, et tantôt François, comme s'il eût fait appel à leur mémoire de petits toucheurs de bœufs et pêcheurs d'anguilles. Il finit par dire, quand il eut l'âme trop pleine pour ne point parler :

— La campagne d'ici a tout de même bien changé, depuis les temps de M. le marquis. Te souviens-tu de lui, Mathurin ?

— Oui, répondit la voix épaisse de l'infirme, je me souviens : un gros qui avait tout son sang dans la tête, et qui criait, en entrant chez nous : « Bonsoir, les gars ! Le papa a-t-il encore une vieille bouteille de muscadet dans le cellier ? Va la querir Mathurin. ou toi, François ? »

— Il était tout justement comme tu dis, reprit le bonhomme avec un sourire attendri. Il buvait bien. On ne pouvait pas trouver de nobles moins fiers que les nôtres. Ils racontaient des histoires qui faisaient rire. Et puis riches, mes enfants ! Ça ne les gênait pas d'attendre leurs rentes, quand la récolte avait été mauvaise. Même, ils m'ont prêté, plus d'une fois, pour acheter des bœufs ou de la semence. C'étaient des gens vifs, par exemple ! mais avec qui on s'entendait ; tandis que leurs hommes d'affaires...

Il fit un geste violent de la main, comme s'il jetait quelqu'un à terre.

— Oui, dit l'aîné, du triste monde.

— Et mademoiselle Ambroisine ? Elle venait jouer avec toi, Éléonore, et surtout avec Rousille, car elle était, pour l'âge, entre Éléonore et Rousille. M'est avis qu'elle doit avoir vingt-cinq ans aujourd'hui... Avait-elle bon air, mon Dieu, avec ses dentelles, ses cheveux tournés comme ceux d'un saint d'église, son salut qu'elle faisait en riant, à tout le monde, quand elle passait dans Sallertaine ! Quel malheur qu'ils aient quitté le pays ! Il y en a qui ne les regrettent pas : mais, moi, je ne suis pas de ceux-là.

L'infirme secoua sa crinière fauve, et dit, de

sa voix qui s'enflait à la moindre contradiction :

— Est-ce qu'ils pouvaient faire autrement ? Ils sont ruinés.

— Oh ! ruinés ! Il faudrait voir.

— Vous n'avez qu'à voir le château, fermé depuis huit ans comme une prison, qu'à écouter ce qu'on raconte. Tous leurs biens sont engagés. Le notaire ne se gêne pas de le dire. Et vous verrez que la Fromentière sera vendue, et nous avec !

— Non, Mathurin, je ne verrai pas ça, Dieu merci : je serai mort avant. Et puis nos nobles ne sont pas comme nous, mon garçon : ils ont toujours des héritages qui leur arrivent, quand ils ont un peu mangé leur fonds. Moi, j'ai meilleure espérance que toi. J'ai dans l'idée qu'un jour M. Henri rentrera dans son château, et qu'il viendra là où tu es, avec sa main tendue : « Bonjour, père Lumineau ! », et aussi mademoiselle Ambroisine, qui sera si contente d'embrasser mes filles sur les deux joues, à la maraîchine : « Bonjour, Éléonore ! Bonjour, Marie-Rose ! » Ça sera peut-être plus tôt que tu ne penses.

Les yeux levés, fixant la plaque de la cheminée, l'ancien avait l'air d'apercevoir la fille de ses maîtres entre Éléonore et Rousille. Quelque chose de l'émotion qu'il eût éprouvée, un commencement de larme mouillait ses paupières.

Mais Mathurin frappa la table de son poing, et, tournant vers le père son visage hargneux :

— Vous croyez donc qu'ils pensent à nous ? Ah ! bien non ! S'ils y pensent, c'est à la Saint-Jean ! Je parie que le garde, tantôt, vous a redemandé de payer ? Le gueux n'a que ce mot-là à la bouche.

Toussaint Lumineau se recula, sur le banc, réfléchit, et dit à voix basse :

— C'est vrai. Seulement, on ne sait pas si les maîtres lui avaient commandé de parler comme il a fait, Mathurin ! Il en invente souvent, des paroles !

— Bon ! bon ! et qu'avez-vous répondu ?

— Que je payerais à la Saint-Michel.

— Avec quoi ?

Depuis un moment, les deux filles s'étaient retirées dans la décharge, à gauche de la grande salle, et on entendait, venant de là, un bruit de vaisselle qu'on lavait et d'eau remuée. Les hommes restaient ainsi, chaque soir, entre eux, et c'était l'heure où ils traitaient les affaires d'intérêt. Le métayer avait déjà emprunté,

l'année précédente, au fils aîné, la plus grosse
part de l'argent qui revenait à celui-ci, dans
l'héritage de la mère. Il ne pouvait donc espérer
que l'assistance du cadet, mais il en doutait si
peu, qu'il répondit, à demi-voix pour n'être pas
entendu des femmes :

— J'ai pensé que François nous aiderait.

Le cadet, que la discussion avait tiré de sa
somnolence, répondit vivement :

— Ah ! mais non ! n'y comptez pas ! Ça ne se
peut...

Il n'osait contredire en face, et, comme un
écolier, fixait le sol entre ses jambes.

Cependant le père ne se fâcha pas. Il dit
doucement :

— Je t'aurais remboursé, François, comme je
rembourserai ton frère. Les années ne se ressem-
blent pas. La chance nous reviendra.

Et il attendait, regardant la chevelure épaisse
et frisée de son fils et ce cou de jeune taureau
qui dépassait à peine la table. Mais l'autre devait
avoir une résolution bien arrêtée, bien réfléchie,
car la voix, assourdie par les vêtements où elle
se perdait, reprit :

— Père, je ne peux pas, ni Éléonore non plus.
Notre argent est à nous, n'est-ce pas, et chacun

est libre de s'en servir comme il veut? Le nôtre
est placé à cette heure. Qu'est-ce que ça nous fait
que le marquis attende un an, puisque vous dites
qu'il est si riche?

— Ce que ça nous fait, François?

Alors seulement la parole du père s'anima, et
devint autoritaire. Il ne s'emportait pas. Il se
sentait plutôt blessé, comme s'il ne reconnaissait
point son sang, comme s'il constatait subitement,
sans le comprendre, le grand changement qui
s'était fait d'une génération à l'autre, et il dit :

— Tu ne parles pas selon mon goût, François
Lumineau. Moi, je tiens à payer ce que je dois.
Je n'ai jamais reçu d'eux aucune injure. Moi,
et aussi ta mère, et aussi Mathurin, qui les a
mieux connus que toi, nous leur avons toujours
porté respect, tu entends? Ils peuvent dépenser
leur bien, ça ne nous regarde pas... Ne pas
payer? Mais, sais-tu bien qu'ils pourraient nous
renvoyer de la Fromentière?

— Bah! fit le cadet, être ici ou ailleurs?...
Pour ce que ça nous rapporte, de cultiver la
terre!

Lâchement, sans voir la pâleur de l'ancien,
atteint dans l'intime de son cœur, il reniait la
Fromentière. On n'entendait plus, dans la pièce

voisine, le bruit de la vaisselle. Les filles écou-
taient. Le vieux métayer ne répondit rien. Mais
il se leva, il se redressa de toute sa taille, passa
devant son fils inquiet qui le surveillait du coin
de l'œil, et ouvrit bruyamment la porte qui
donnait sur la cour. Un souffle, l'haleine des
feuilles, la senteur des campagnes vertes roula
dans la salle toute pleine d'une odeur de man-
geaille et de sueur. François se hâta de déguerpir,
longea la muraille, entra dans la décharge où il
échangea quelques mots avec Éléonore, et, par
la chambre des filles, qui faisait suite, s'évada
dans la nuit.

Chaque soir, le métayer sortait sur le pas de
sa porte, et respirait, avant de se coucher, l'air
de chez lui. Il s'avança jusqu'au milieu de la
cour, et regarda le ciel, selon sa coutume, pour
juger du temps du lendemain. Quelques nuages
glissaient vers l'occident, arrière-garde d'une
nappe plus étendue qui s'enfonçait au-dessous
de l'horizon. Ils formaient des îles transparentes,
que séparaient des abîmes d'un bleu profond et
plein d'étoiles. Le vent les poussait, d'un même
mouvement, vers les côtes prochaines. Avec la
lenteur d'un vaisseau chargé, il emportait vers la
mer vivante le baiser de la vie terrestre, le par-

fum et le tressaillement des végétations, les
graines envolées, les germes mêlés de poussière,
qui tombaient çà et là en pluie mystérieuse, le
cri d'innombrables bêtes, qui n'ont guère d'autre
témoin que lui et qui chantent dans les forêts de
l'herbe. Un contentement passait, une marée
tranquille et féconde, qui allait rejoindre l'autre,
et courir sur elle, et répandre jusque dans les
solitudes du large l'odeur des moissons de France.
Et le métayer, en buvant l'air où flottait l'âme
de sa Vendée, sentit frémir en lui-même l'amour
qui n'avait point faibli, qu'il n'aurait pas su
exprimer, dont il était cependant pénétré jusqu'à
la moelle des os. « Qu'ont-ils donc, ces jeunes
gars, pensa-t-il, qu'on les dirait indifférents à
leur métairie ? J'ai été jeune, moi aussi, et il
aurait fallu me donner bien cher pour me faire
quitter la Fromentière. Peut-être ils s'ennuient ;
la maison n'est pas toujours en paix, comme au
temps de ma défunte. Je ne sais pas les mettre
d'accord, comme elle savait le faire. » Et il
songea, quelques secondes, à la mère Lumineau,
femme économe, hautaine avec les étrangers et
tendre pour les siens, qui réussissait, sans tapage,
avec des mots qu'elle trouvait toujours, à changer
le cœur des fils, et à modérer la rivalité des

sœurs. Autour de lui les étables, les granges, la grosse meule de foin qui était devant, luisaient sous la lune.

Un coup de feu retentit dans le Marais, très loin, car le bruit arriva à la Fromentière plus faible que celui d'une amorce. Toussaint Lumineau l'entendit, et, brusquement, sa pensée se reporta vers l'homme qui chassait là-bas. En même temps, derrière lui, une voix s'éleva dans la cour :

— Voilà un vanneau de tué pour la Rousille !

— Tais-toi, Mathurin ! dit le père qui, sans se détourner, avait reconnu l'infirme. Ne fais pas contre elle des contes qui me déplaisent, tu le sais bien. J'ai assez de peine, ce soir, mon ami, j'en ai assez, rapport à François.

Les béquilles, heurtant les cailloux de la cour, se rapprochèrent, et le métayer, à la hauteur de l'épaule, sentit le frôlement des cheveux de l'infirme qui se redressait le long de lui, et qui levait la tête.

— Je ne dis que la vérité, père, reprit à voix basse l'aîné, et ce ne sont pas des contes. Ça me fait tourner le sang, de voir ce Boquin, qui courtise ma sœur pour avoir une part de notre bien, pour être le maître chez nous, lui qui n'a rien chez lui ! Il n'est que temps de le mettre à la raison.

— Est-ce que tu crois vraiment, répondit le
père en se penchant un peu, qu'une fille comme
Rousille écouterait mon valet ? Est ce qu'elle a de
l'amitié pour lui, Mathurin ?

Toussaint Lumineau avait la faiblesse d'ajouter
foi trop facilement aux jugements et aux dénon-
ciations de son fils aîné. Même à présent que l'espérance de l'avoir pour successeur était finie,
malgré tant de preuves acquises déjà de la violence et de la méchanceté maladive de l'infirme,
l'influence de celui-ci était demeurée grande sur
l'esprit du père. Le métayer entendit monter ces
mots comme un souffle :

— Père, ils s'aiment tous deux !

L'horreur de ce bonheur des autres avait sou-
dainement déformé les traits de Mathurin. Toussaint Lumineau regarda la face levée vers lui et
si blanche sous la lune. Il fut frappé de l'expression de souffrance qui contractait les traits du
malade.

— Si vous les guettiez comme moi, continuait
le fils, vous verriez qu'ils ne se parlent jamais à
la maison, mais que dehors, ils s'en vont toujours
par le même chemin. Moi, je les ai surpris bien des
fois riant et causant, comme des galants à qui les
parents ont dit oui. Vous ne le connaissez pas, ce

Jean Nesmy. Il a de l'audace. Il vous fait croire
qu'il aime la chasse, et je ne dis pas non. Mais
l'aimer comme lui, je n'en ai pas vu d'autre.
Est-ce pour son plaisir seulement qu'il va jusqu'au
bout du Marais tuer un couple de vanneaux ;
qu'il attrape la fièvre à piquer des anguilles avec
la fouine ; qu'il passe des nuits entières dehors
après avoir travaillé le jour ? Non, c'est pour
Rousille, pour Rousille, pour Rousille !

La voix s'enflait, et pouvait être entendue de la
maison.

— Je veillerai, mon garçon, dit le père. Ne te
mets pas en peine.

— Ah ! si j'étais que vous, j'irais demain au
petit jour sur le chemin du Marais, et si je les
prenais ensemble...

— Assez ! interrompit le métayer. Tu ne te fais
pas de bien à tant parler, Mathurin. Voilà Lionore
qui te cherche.

La fille aînée s'avançait, en effet, derrière eux.
Comme d'habitude, elle venait pour aider Mathurin, qui remontait difficilement les marches du
seuil, et pour délacer les chaussures qu'il avait du
mal à quitter. Dès qu'elle lui eut touché le bras,
il la suivit. Le bruit de béquilles et de pas
mêlés s'éloigna. Le père demeura seul.

— Allons, songea-t-il tout haut, si cela est vrai, je ne permettrai pas qu'on en rie longtemps dans le Marais !

Il aspira un grand coup d'air, comme s'il buvait une lampée de vin clairet, puis, voulant s'assurer que Rousille n'était pas sortie, il rentra dans la maison par la porte du milieu, qui était celle de la chambre des filles. A l'intérieur, l'obscurité était grande. A peine un reflet de lune sur les cinq armoires en bois ciré qui ornaient l'appartement toujours propre et bien en ordre d'Éléonore et de Rousille. Le métayer, à tâtons, fit le tour de la grosse armoire de noyer qui avait été la dot de sa mère ; il traversa la pièce ; il allait entrer dans la décharge qui communiquait avec la salle où il couchait avec Mathurin, lorsque, derrière lui, à l'angle d'un lit, une ombre se leva :

— Père ?

Il s'arrêta.

— C'est toi, Rousille ? Tu te couches ?

— Non, je vous ai attendu. Je voulais vous dire quelque chose...

Ils étaient séparés par toute la longueur de la chambre. Ils ne se voyaient pas.

— Puisque François ne peut pas vous donner

son argent, j'ai pensé que je vous donnerais le mien.

Le métayer répondit durement :

— Tu n'as donc pas peur que je ne te le rende pas ?

La voix jeune, comme découragée par l'accueil et arrêtée dans l'élan, reprit en balbutiant :

— J'irai demain le chercher... Il est chez le neveu de la Michelonne... j'irai, pour sûr, et après-demain vous l'aurez.

Si une larme coula, le père n'en sut rien. Il rentra chez lui.

Quand Éléonore, quelques instants après, pénétra dans la chambre aux cinq armoires, portant une chandelle allumée qu'elle posa sur un coffre, Marie-Rose n'était plus à l'angle du lit. Elle se tenait debout devant la fenêtre ouverte qui donnait sur la cour. De là, comme le sol était relevé à l'endroit où se dressait la ferme, on apercevait, par-dessus le mur de clôture et aussi dans l'encadrement du portail, la terre en pente, et l'herbe du marais qui commençait presque tout de suite.

Souvent, les deux sœurs se déshabillaient, l'une près de l'autre, sans se parler. Rousille regardait devant elle. Son œil habitué distinguait les choses, en cette clarté de lune, presque aussi bien qu'à

3.

la lumière du jour. C'était d'abord, au delà du
mur, un bouquet d'ormeaux, sous lequel on
remisait des charrettes et des herses, puis un
bout de jachère, et l'étendue plate, l'immense
relai de la mer, que traversait, presque toutes les
nuits, tantôt léger et tantôt fort, le roulement de
l'océan, comme d'un chariot lointain qui ne s'arrête jamais. La grande plaine herbeuse paraissait
bleue. Çà et là, un fossé luisait. De petits points
lumineux, des rayons partis d'une fenêtre éclairée,
perçaient le voile de vapeurs étendu sur les prés.
Et, sans se tromper, Rousille nommait en son
cœur chacune des métairies, en voyant les feux
qui les signalaient, pareils à des feux de bord
accrochés aux mâts des navires à l'ancre : la Pinçonnière, la Parée du Mont, toutes proches, puis
les Levrelles, puis, si éloignées que leurs lumières
ne brillaient que par intervalles, comme les plus
petites étoiles, la Terre-Aymont, la Seulière, Malabrit et le moulin de Moque-Souris. A un groupe-
ment d'étincelles, vers la droite, elle reconnaissait
le bourg de Sallertaine, planté en plein Marais
sur sa motte invisible. Par là, quelque part, Jean
Nesmy veillait, dans les roseaux, pour l'amour
de Rousille.

Elle pensa longtemps à lui. Elle crut le voir,

loin, très loin, dans le rêve des brumes, et ses lèvres se pressèrent et se détendirent silencieusement dans un baiser.

Puis il y eut un bruit d'ailes tout à coup, au-dessus des tuiles de la Fromentière.

— Ferme donc, Rousille! dit Éléonore en se réveillant. Ferme! la nuit remue, et il fait froid.

Il faisait doux. Les nuages avaient disparu. La lumière de Moque-Souris était éteinte. Les feux des maisons de Sallertaine avaient diminué de nombre, comme les grains d'une grappe de raisin picorée.

— A demain, mon Jean, dans le verger clos! murmura Rousille.

Et lente, recueillie, le cœur gonflé de jeunesse, la petite, dans la lueur que jetait le drap de son lit, dégrafa sa robe de travail qui tomba sur ses pieds.

II

LE VERGER CLOS

La nuit, toute belle, commença de mourir avant quatre heures, et dans les profondeurs l'éclat des étoiles diminua. Un coq chanta. C'était le même chaque jour, un coq jaune d'or, botté, l'œil en feu sous la crête tombante. Marie-Rose l'avait élevé. Elle l'entendit, et pensa « merci, mon petit! » Puis elle s'habilla, en prenant soin de ne pas éveiller Éléonore, qui dormait encore lourdement.

Elle fut prête en bien peu de temps, traversa la cour et tourna à gauche, au delà du mur ruiné, par un chemin qui dépendait de la métairie, tout vert au début, plein de branches retombantes, et par où l'on pouvait gagner le Marais. A une centaine de mètres de la Fromen-

tière, toute cette végétation s'arrêtait brusquement, et un mur bas, rongé de mousse et de
lichen, enveloppait un verger d'un arpent. Rousille entra, par une barrière à claire-voie, juste
au milieu de l'enceinte. L'étrange endroit, que ce
verger clos ! Les pommiers et les poiriers à cidre
dont le terrain était planté n'avaient jamais pu
dépasser, à cause du vent, l'arête des pierres.
Leurs troncs s'étaient épaissis et bossués ; leurs
branches, toutes courbées et chassées vers l'est,
effeuillées en dessus, se rejoignaient comme autant
d'ombrelles tendues, et, du dehors, quand on
passait, on n'apercevait qu'un dos moutonneux
de ramilles sèches. Mais quand on descendait,
par le sentier du milieu, on se trouvait sous
une voûte de quatre pieds de haut, à l'abri des
regards, et de la pluie, et du chaud, et des tem-
pêtes de mer qui soufflent du Marais. Idée de
marin, jardin comme on en voit dans les îles.
Rousille enfant s'y était amusée. Grande, elle y
revenait pour attendre son promis.

Elle entra donc, se courba, et, sous les arbres,
se fit un chemin jusqu'à la muraille de l'ouest.
Là, elle n'eut qu'à s'asseoir sur la croupe torte
d'un pommier, et, toute cachée entre deux cimes,
invisible comme une perdrix dans un champ de

blé, elle interrogea la plaine immense par où Jean
Nesmy devait venir.

A cette heure matinale, le Marais était couvert
de brumes qui ne se levaient point encore, mais
se désagrégeaient et se mouvaient sous la poussée
de la brise. Le recueillement était complet, l'air
léger, sensible et comme nerveux. Il apportait le
moindre bruit sans le diminuer. Un chien qui
aboyait vers Sallertaine avait l'air d'aboyer là, tout
près. Elle voyait les grands carrés de prés comme
des fourrures grises, liées et cousues, qui dimi-
nuaient de taille en s'éloignant. Par endroits,
des canaux, se coupant à angle droit, donnaient
une impression de miroir terni. Des fumées se
tordaient lentement au-dessus. Puis, vaguement,
dans le brouillard, surgissaient des silhouettes
un peu plus sombres, comme les oasis d'un désert,
et c'étaient les fermes maraîchines bâties sur
d'infimes exhaussements du sol, avec leurs étables,
leurs meules de paille et de foin, et le groupe de
quelques peupliers qui leur donnent un peu
d'ombre. Bientôt le voile qui s'agitait se brisa;
des rayons de lumière touchèrent l'herbe et voya-
gèrent çà et là; des lames d'eau étincelèrent
comme des vitres au couchant. Sur bien des
lieues de long, depuis la baie de Bourgneuf jus-

qu'à Saint-Gilles, le Marais de Vendée s'éveillait.
Rousille en sentit une joie. Elle aimait la terre
dont elle était l'enfant, terre fidèle, terre brave,
terre d'amour tour à tour mouillée et brûlée, où
l'on dormait le dernier sommeil, dans le vent
chanteur, à l'abri de la croix. Rien ne lui plai-
sait autant que cet horizon où les moindres routes
lui étaient familières, depuis la virette qui longeait le premier pré de la Fromentière, tout à
côté, jusqu'aux sentiers établis sur le renflement
des talus, et qu'on suit avec une perche à la main,
avec la *ningle* au bout évasé, pour sauter les fossés.

— Quatre heures, dit-elle, et il n'arrive pas!
Que va dire le père?

Elle s'inquiétait déjà, et soudain, tandis qu'elle
fixait au loin le clocher pointu de Sallertaine, une
voix la salua :

— Rousille!

Sur le chemin qui montait vers elle, debout
dans la lumière jeune, ayant tout le Marais derrière lui, Jean Nesmy regardait Rousille.

— Je ne vous ai pas vu venir! dit-elle.

Il se mit à rire, d'un air d'orgueil, et leva,
au-dessus de sa tête, un paquet de plumes,
quatre vanneaux et une sarcelle qu'il avait pendus
par le cou à une ficelle. En un instant, il eut

laissé contre le mur du verger clos, à l'intérieur,
le fusil qu'il portait et le gibier, et il se glissa
près de Rousille, par le chemin qu'elle avait tracé.

— Rousille, dit-il en se redressant sous la voûte
des pommiers, et en prenant la main de la jeune
fille, j'ai eu de la chance ! Quatre vanneaux, et
des jolis ! J'ai dormi deux heures dans la grange
du métayer de la Pinçonnière, et il a fallu qu'il
me tirât du foin, tant j'étais lourd de sommeil,
ce matin. Sans lui, j'étais en retard. Et vous ?

— Moi, répondit Marie-Rose, tandis qu'il
s'asseyait en face d'elle, moi j'ai peur. Le père
m'a parlé rude, hier soir... Il avait causé, dans la
cour, avec Mathurin... Ils doivent savoir...

— Et après? Ce que je fais n'est point pour les
offenser. Je veux vous mériter par mon travail;
vous demander à votre père, et puis vous emme-
ner chez moi.

Elle le regarda, contente, malgré ses craintes,
de la décision qu'elle lisait dans la physionomie
de ce jeune gars. Et sans répondre directement,
réservant sa pensée qui disait oui, elle demanda :

— Comment c'est-il, chez vous?

— Chez moi, dit Jean Nesmy, dont les pupilles
se rapprochèrent, et, par-dessus la tête de Marie-
Rose, fixèrent une image aussitôt évoquée, chez

moi il y a ma mère, qui est vieille, et c'est pauvre.
Le lieu s'appelle le Château, comme je vous l'ai
dit plusieurs fois, en la paroisse des Châtelliers.
Et pourtant ce n'est pas un château, Rousille,
mais deux chambres, où ont logé six petits Nesmy,
en plus de moi qui suis l'aîné. Voire que j'ai dû,
à ce que la famille est nombreuse, de n'aller
qu'un an au régiment, comme vous savez.

— Oui, dit-elle en riant, je me souviens, l'année a été plus longue que les autres.

— Moi, je suis l'aîné. Deux filles viennent après
moi. Elles commencent à grandir. Elles ne sont pas
habillées tout à fait comme vous, par exemple...

Une idée le prit, et, de la main, à petite
distance et sans toucher Rousille, il dessinait sur
les épaules et sur la taille de la jeune fille la
place du châle, celle des rubans de velours
cernant la poitrine.

— Là, tout autour, du velours à deux rangs.
Les riches même en ont trois. Vous seriez
mignonne, Rousille, à la mode des Châtelliers,
et de la Flocellière, car c'est la même chose, et
les villages ne sont pas loin.

Elle riait, comme caressée par cette main qui
ne l'effleurait pas, et elle suivait le geste, les
paupières demi-closes.

— Vous pensez bien, continua-t-il, qu'elles ne sont comme cela que le dimanche ! On n'aurait pas de pain tous les jours, à la maison, si je n'envoyais pas mon avoir, que votre père me donne. J'ai aussi deux frères hors d'école, qui gardent les vaches et font même un peu de travail d'homme. Le métayer qui les a loués leur laisse à chacun, pour gages, un sillon de pommes de terre. Ça aide bien !

— Je le crois ! fit Rousille d'un air entendu.

— Mais surtout, reprit le garçon, l'air de chez nous, c'est une bénédiction. Il pleut souvent, même il pleut sans jamais manquer quand le vent souffle de Saint-Michel, qui est un endroit à une lieue de chez nous. Puis, tout de suite après, un grand soleil. Et comme il y a beaucoup d'arbres, et de mousse, et de fougères, il en vient un goût de respirer, un plaisir qu'on n'a pas ici. Car la terre ne ressemble pas à celle du Marais. Elle est toute en collines, ici et là, des grandes, des petites, on n'en sort pas. Du haut, on voit le pays comme un paradis. Ah ! Rousille, si vous connaissiez seulement le Bocage, et la lande de Nouzillac, vous ne voudriez plus vous en aller !

— Et on laboure comme ici ?

— A peu près, mais plus profond. Il faut des bœufs vaillants, six, huit quelquefois.

— Mon père en met autant à la charrue, quand il lui plaît.

— Oui, pour l'honneur, Rousille, parce que votre père est riche. Mais là-bas, croyez-m'en, c'est plus dur à remuer et aussi plus grenant.

Elle hésita un peu, cessa de sourire, et demanda :

— Est-ce que les femmes travaillent aux champs ?

— Oh ! que non ! répondit vivement le gars. On les respecte et on les choie comme on peut faire dans vos Marais. Même ma mère, qui s'en va un peu à la glane, au temps du blé et des châtaignes, pour raper ce qui reste, on ne la voit point dans les champs, comme les hommes. Non, bien sûr, nos femmes sont moins dehors qu'à filer chez elles !

Rappelé aux dures conditions de sa vie de journalier, l'homme devint tout sérieux, et ajouta lentement :

— Je ne manquerai jamais de travail, soyez tranquille. On me connait, à plus de deux lieues autour des Châtelliers, pour un gars qui n'a pas peur de la besogne. Nous aurons notre maison

à nous, et je serai comme mon père et comme
ma mère, qui ne se sont jamais plaints de rien,
Rousille, pourvu que j'aie vos amitiés.

Il achevait à peine cette phrase d'humble
amour, quand une voix appela, dans le chemin :

— Rousille ?

— Nous sommes vendus, dit-elle toute pâle :
c'est le père !

Tous deux demeurèrent immobiles, le cœur
battant d'émotion, ne pensant plus qu'à cette
voix qui allait s'élever de nouveau.

Et, en effet, plus près, le métayer appela
encore :

— Rousille ?

Elle ne résista pas. Prompte, elle fit signe à
Jean Nesmy de rester sous le couvert des arbres.
Puis, pliée en deux, elle se faufila, jusqu'à la
petite allée qui coupait le verger. Là elle se
redressa, et elle aperçut le père, droit devant
elle, au milieu du chemin de la ferme. Il la
considéra un moment, toute blanche, haletante,
décoiffée par les branches, et demanda :

— Que faisais-tu là ?

Elle ne voulait pas mentir, elle se sentit
perdue. Dans son trouble, instinctivement, elle
tourna la tête, comme pour invoquer la protec-

tion de celui qui était caché là-bas, et derrière son épaule, debout, tout proche, elle l'aperçut qui l'avait suivie, et qui venait au danger. Il avait un air de défi, et il cambrait sa taille, et il passa devant Rousille.

Alors, elle osa de nouveau regarder son père. Celui-ci ne s'occupait déjà plus d'elle. Il n'avait pas la figure de colère qu'elle s'était préparée à affronter, mais un air grave et triste, et il fixait Jean Nesmy, qui s'avançait dans l'herbe, et qui s'arrêta à trois pas de lui, en avant de la claire-voie.

— Te voilà, mon valet ? dit-il.

Jean Nesmy répondit :

— Oui, me voilà.

— Tu étais donc avec Rousille ?

— Où est le mal ? demanda le gars.

Sa voix tremblait un peu, non de peur, mais d'un bouillonnement de jeunesse qu'il ne pouvait dompter. Celle du métayer n'était pas irritée. Toussaint Lumineau penchait la tête sur sa poitrine, comme un vieux maître dont on a méprisé la bonté, et qui a de la peine. Il soupira, et dit :

— Viens-t'en tout de suite avec moi.

Pas un mot à Marie-Rose, pas un coup d'œil. L'affaire se réglerait d'abord entre hommes. La fille ne comptait pas, en ce moment.

Déjà le métayer avait rebroussé chemin, et, à lentes enjambées regagnait la Fromentière. Jean Nesmy le suivait à quelques pas, son fusil sur le dos, balançant au bout de son bras les vanneaux et la sarcelle qu'il avait ramassés près du mur. Loin derrière eux, Rousille marchait le long de la haie, tout angoissée, et tantôt elle regardait Jean Nesmy et tantôt le maître qui allait décider entre eux.

Quand les deux hommes pénétrèrent dans la cour, elle n'osa s'avancer plus loin, elle s'appuya contre le pilier du portique en ruine, à demi cachée, la tête posée sur un coude, pour observer ce qui se passerait. Le père et le valet traversèrent l'espace libre, se dirigeant vers la chambre de Jean Nesmy, qui se trouvait à gauche, au bout des étables. On n'entendait aucun bruit que celui des sabots heurtant les cailloux du sol. Cependant Rousille avait aperçu l'infirme, accroupi au premier soleil, près du mur de l'étable. Il hochait la tête d'un air de contentement. Ses yeux mauvais ne quittaient pas l'étranger dénoncé par lui, l'heureux d'hier devenu l'accusé. Non loin, François, monté sur une échelle, tirait du foin d'une meule dont la tranche ressemblait à un pan de muraille. Sournoisement, par-dessous le bord de

son chapeau, il regardait aussi. Mais sur son
visage lymphatique, aucune méchante pensée,
non, rien qu'un peu de curiosité qui allongeait en
museau ses lèvres et ses fortes moustaches jaunes.
Il travaillait tout doucement, afin de pouvoir rester là plus longtemps, et voir la fin de l'aventure.

Toussaint Lumineau et le valet furent bientôt
dans le réduit encombré de barriques vides, de
paniers, de pelles et de pioches, qui avait servi de
chambre, depuis longtemps, aux domestiques de
la Fromentière. Le maître s'assit sur le coin du
lit, tout au fond. Son expression n'avait pas
changé. C'était la même physionomie, paternelle
et digne, où se mêlaient le regret de se séparer
d'un bon serviteur, et l'énergique résolution de
ne point souffrir une atteinte à son autorité, une
injure à son rang. Il s'accouda sur une vieille fu-
taille, encore marquée de coulures de suif, et où
le soir Jean Nesmy posait sa chandelle. Sa tête se
releva, lentement, dans le jour qui venait par la
porte ouverte, et il parla enfin au jeune homme
qui avait quitté son chapeau, et demeurait debout
dans le milieu de la petite pièce.

— Je t'avais gagé pour quarante pistoles, dit-il.
Tu as reçu ton dû à la Saint-Jean. Combien
reste-t-il à te payer aujourd'hui?

Le gars s'absorba, comptant et recomptant avec ses doigts sur la toile de sa blouse. Les veines de son front se tendaient sous l'effort de l'esprit. Il avait le regard fixé sur le sol, et aucune autre idée ne traversait l'opération compliquée de ce rural calculant le prix de son travail.

Pendant ce temps, le métayer se remémorait l'histoire brève de ce Boquin, venu par hasard dans le Marais, pour y chercher de la cendre de bouse, dont les Vendéens se servent comme engrais, embauché au passage et rapidement accoutumé en ce pays nouveau ; les trois années que l'étranger avait vécues sous le toit de la Fromentière, un an avant le service militaire et deux ans depuis, années de rude et vaillant labeur, d'honnête conduite, sans un reproche grave, de résignation étonnante, malgré l'hostilité des fils, qui avait commencé dès le premier jour et n'avait jamais désarmé.

— Ça doit faire quatre-vingt-quinze francs, dit Jean Nesmy.

— C'est aussi mon compte, dit le métayer. Tiens, voilà l'argent. Regarde s'il n'y manque rien.

De la poche de sa veste, où, d'avance, il avait mis la somme qu'il devait, Toussaint Lumineau tira une pile de pièces d'argent, qu'il jeta sur le fond de la barrique.

— Prends, mon gars !

L'autre, sans y toucher, se recula.

— Vous ne voulez plus de moi à la Fromentière ?

— Non, mon gars, tu vas partir.

La voix s'attendrit, et continua :

— Je ne te renvoie pas parce que tu es fainéant. Et même, quoique ça m'ait causé de l'ennui, je ne t'en veux pas d'aimer trop la chasse. Tu m'as bien servi. Seulement, ma fille est à moi, Jean Nesmy, et je ne t'ai pas accordé avec Rousille.

— Si c'est son goût, et si c'est le mien, maître Lumineau ?

— Tu n'es pas de chez nous, mon pauvre gars. Qu'un Boquin se marie avec une fille comme Rousille, ça ne se peut, tu le sais : tu aurais mieux fait d'y penser avant.

Jean Nesmy, pour la première fois, ferma à demi les yeux, et il devint plus pâle, et ses lèvres s'abaissèrent aux coins comme s'il allait pleurer.

Il reprit, d'une voix toute basse :

— J'attendrais tant qu'il vous plairait pour l'avoir. Elle est jeune et moi aussi. Dites seulement le temps, et je dirai oui.

4

Mais le métayer répondit :

— Non, ça ne se peut. Il faut t'en aller.

Le valet tressaillait de tout le corps. Il hésita un moment, les sourcils froncés, le regard attaché à terre. Puis il se décida à ne pas dire sa pensée : « Je n'y renonce pas. Je reviendrai. Je l'aurai. » Comme ceux de sa race taciturne, il renferma son secret, et, ramassant l'argent, il le compta, en laissant tomber les pièces une à une, dans sa poche. Puis, sans ajouter un mot, comme si le métayer n'eût plus existé pour lui, il se mit à rassembler les quelques vêtements et le peu de linge qui étaient à lui. Tout pouvait tenir dans sa blouse bleue qu'il noua par les manches au canon de son fusil, moins une paire de bottes qu'il pendit avec une ficelle. Quand il eut fini, levant son chapeau, il prit la porte.

Dehors, il faisait grand soleil. Jean Nesmy marchait lentement. La volonté hardie qui était en ce frêle garçon lui tenait la tête haute, et il regardait du côté de la maison, cherchant Rousille aux fenêtres. Il ne la vit point. Alors, au milieu de ce grand carré vide, lui le valet, lui le chassé, lui qui n'avait plus qu'un instant à demeurer à la Fromentière, il appela :

— Rousille !

Une coiffe aiguë dépassa l'angle du portail.
Marie-Rose s'échappa de son abri. Elle s'élança, la
figure toute baignée de larmes. Mais presque
aussitôt elle s'arrêta, intimidée par la vue de son
père qui venait d'apparaître sur le seuil de la
chambre, saisie de peur parce qu'un cri s'élevait
du même côté de la cour, à cinquante pas de là,
et faisait se détourner Jean Nesmy :

— Dannion !

Une apparition monstrueuse sortait de l'étable.
L'infirme, tête nue, les yeux hagards, agité d'une
colère impuissante, accourait. Les bras raidis sur
ses béquilles, son torse énorme secoué par les
cahots et par ses grognements de bête furieuse, la
bouche ouverte, il répétait le vieux cri de haine
contre l'étranger, l'injure que les enfants du Marais
jettent au damné du Bocage :

— Dannion ! Dannion sarraillon ! Sauve-toi !

Lancé avec une vitesse qui disait la violence de
la passion et la force de l'homme, il approchait.
Toute la haine qu'il avait au cœur, toute la jalousie
qui le torturait et toute la souffrance de l'effort
rendaient effrayante cette face convulsée, projetée
en avant par secousses. Et l'être puissant qu'eût été
cet estropié sans le malheur d'autrefois, se recon-
stituait dans l'imagination, et donnait le frisson.

Quand elle le vit tout près du valet, Rousille eut peur pour celui qu'elle aimait. Elle courut à Jean Nesmy, elle lui mit les deux mains sur le bras, et elle l'entraîna en arrière, du côté du chemin. Et Jean Nesmy, à cause d'elle, se mit à reculer, lentement, tandis que l'infirme, devenu plus furieux, l'insultait et criait :

— Laisse ma sœur, Dannion !

La voix du métayer s'éleva, au fond de la cour :

— Arrête ici, Mathurin, et toi, Nesmy, laisse ma fille !

Il s'avançait, en parlant, mais sans hâte, comme un homme qui ne veut pas compromettre sa dignité. L'infirme s'arrêta, écarta ses béquilles et s'affaissa, épuisé, sur les cailloux. Mais Jean Nesmy continua de reculer. Il avait mis sa main dans celle de Rousille. Ils furent bientôt entre les piliers du portail, où s'encadrait la clarté du matin. Au delà commençait le chemin. Le valet se pencha vers Rousille, et la baisa sur la joue.

— Adieu, ma Rousille ! dit-il.

Elle s'enfuit à travers la cour, les mains sur les tempes, pleurant sans se retourner. Et lui, l'ayant vue disparaître au coin de la maison, du côté de l'aire, cria :

— Mathurin Lumineau, je reviendrai !

— Essaye ! répondit l'infirme.

Le valet de la Fromentière commençait à monter le chemin qui passait devant la métairie. Il allait péniblement, comme brisé de fatigue, tout brun dans son vêtement d'affût. Au bout de son fusil il n'avait qu'une veste, une blouse, trois chemises, deux appeaux de buis pour les cailles, qui s'entre-choquaient comme des noix, choses légères, qu'il sentait pesantes. L'effroi de son retour subit à l'état de journalier quêteur de pain l'avait saisi pendant qu'il nouait ses hardes. Il pensait déjà à l'accueil de la mère qui allait le voir entrer, toute transie. A chaque pas il s'arrachait aussi à quelque chose qu'il aimait, parce qu'il avait vécu trois ans dans cette Fromentière. L'âme était lourde de souvenirs, et il allait lentement, ne regardant rien, et voyant tout. Les arbres qu'il frôlait, il les avait émondés de sa serpe ou battus de son fouet ; les terres, il les avait labourées et moissonnées ; les jachères, il savait en quoi elles seraient ensemencées demain.

Lorsqu'il fut en arrière de la ferme, sur le renflement de la route où étaient jadis quatre moulins qui ne sont plus que deux, il osa se retourner pour souffrir un peu plus. Il considéra

4.

la plaine du Marais, inondée de lumière, où les
roseaux séchés par l'automne mettaient un cercle
d'or autour des prés ; quelques métairies recon-
naissables à leur panache de peupliers, îles
habitées de ce désert, où il laissait des amis et
de bonnes heures dont on se souvient dans la
peine ; il parcourut du regard les maisons pres-
sées de Sallertaine, et l'église qui les domine,
paroisse des dimanches finis ; puis il arrêta son
âme sur la Fromentière, comme plane un oiseau,
les ailes grandes. De la hauteur où il était, il
apercevait les moindres détails de la métairie.
Une à une il compta les fenêtres, il compta les
portes et les virettes, et les traînes autour des
champs, où le soir, depuis deux ans surtout, il
ne manquait guère de chanter en ramenant ses
bœufs. Quand il revit le verger clos, tout au loin,
large comme une cosse de pois, il se détourna
vite. Et son pied heurta, sur la route, une bête
toisonnée, qui s'était couchée là, silencieusement.

— C'est toi, Bas-Rouge ? dit le valet. Mon
pauvre chien, tu ne peux pas me suivre où je vais.

En marchant, il passait la main sur le front du
chien, entre les deux oreilles, à l'endroit que
Rousille aimait à caresser. Après vingt pas, il dit
encore :

— Faut t'en aller, Bas-Rouge : je ne suis plus d'avec vous !

Bas-Rouge fit encore une petite trotte auprès du valet. Mais, quand il arriva à la dernière haie de la Fromentière, il s'arrêta, en effet, et revint seul.

III

CHEZ LES MICHELONNE

— Rousille, dit le père, un peu avant midi, quand elle rentra pour aider sa sœur à préparer le dîner, tu ne mangeras pas avec nous, ni aujourd'hui, ni les jours qui suivront : les filles d'honneur comme Éléonore auraient honte, et nous aussi, de manger à côté d'une créature qui donne ses amitiés à un failli Boquin. En voilà un promis pour toi ! Un gars du loin, qui n'aurait pas même une armoire pour se mettre en ménage ! Bon pour les servantes de chez eux ! Mais ils ne valent pas cher à l'aune du Marais, tous ces dannions ! Je suis guéri d'en prendre à mon service... On en aurait fait des chansons sur mon compte... Et à présent, tiens-toi sage, Rousille, et ôte-toi de devant moi !

Il parlait ainsi, plus durement qu'il ne pensait, parce que Mathurin l'avait entretenu longtemps, après le départ du valet, et lui avait communiqué quelque chose de son ressentiment.

Marie-Rose ne répondit pas, même par une larme, et se retira dans sa chambre. Non, elle ne songeait pas à dîner, avec eux ou sans eux. Mais elle se mit à s'habiller, comme elle faisait le dimanche, prenant tour à tour, dans l'armoire, sa robe noire relevée d'un grand pli, qui laissait voir ses jambes ; sa coiffe la plus fine, pyramide brodée que tenait ferme un transparent de papier blanc posé sur les cheveux ; ses bas fleuris de points en relief ; ses sabots à nez retroussé, qui avaient l'air d'une proue de bateau. Autour du cou, sur la nuque que le corsage échancré du Marais laisse à découvert, elle jeta un mouchoir de soie bleue, large d'un doigt. Et, ayant lissé ses bandeaux bruns avec un peu d'eau, ayant essuyé ses yeux qui étaient rouges, elle descendit dans la cour, et tourna vers Sallertaine.

Pour la première fois de sa vie, elle avait l'impression d'être seule au monde. Mathurin ne l'aimait pas. François ne l'aurait pas comprise. André lui-même, le soldat d'Afrique qui allait revenir, et qui se montrait doux avec elle, la considérait comme une petite et ne lui parlait qu'en plaisantant. Elle était femme cependant, et grande, puisqu'elle souffrait. Et il fallait quelqu'un à qui confier sa peine. Jusque-là, si on la rudoyait, si on la méprisait, elle n'avait pas besoin de le dire, et il lui suffisait, pour l'oublier, de penser à Jean Nesmy. A présent que sa peine était faite, justement, du départ de celui qu'elle aimait, son âme demandait de l'aide, son âme cherchait où se poser. Dans sa détresse, elle avait songé aux Michelonne.

Rousille passait près du verger clos; Rousille longeait la bordure du Marais d'où l'on voit Sallertaine sur sa motte. Non, elle n'avait d'espoir qu'en ces pauvres Michelonne, de regret que de ne pas être encore dans leur petite maison du bourg. Leur bienveillance coutumière lui semblait en ce moment une chose d'un prix infini, qu'elle n'avait pas assez estimée. La seule pensée de leurs visages ronds, flétris et souriants, lui était comme un but. Il lui semblait que pour avoir simplement vu les Michelonne, et même si elle n'osait rien leur dire, elle serait consolée un peu, parce qu'elles n'étaient pas des cœurs fermés, les vieilles filles, ni des personnes qui jasent sur les yeux rouges des jeunesses.

Comment les aborderait-elle ? Oh ! c'était bien facile ! Elle avait promis de retirer son argent, et de le prêter, pour payer la ferme. Elle leur dirait : « Je viens pour l'argent, dont le père a besoin. » Et après, si elles devinaient la moindre chose, elle dirait tout, tout ce qui l'accablait, la peine qu'elle ne pouvait plus porter seule.

Il était près d'une heure. L'air chaud, mêlé de brume, tremblait sur les prés. Rousille allait vite. Voici le grand canal, uni comme un miroir ; voici le pont jeté sur l'étier, et la route qui tourne et, aux deux bords, les maisons du bourg, toutes blanchies à la chaux, avec leurs vergers en arrière, penchés vers le Marais. Rousille hâte encore le pas. Elle a peur d'être appelée et obligée de s'arrêter, car les Lumineau connaissent tout le monde dans le pays. Mais les bonnes gens font mérienne, ou bien ils saluent de loin, sans sortir de l'ombre : « Bonjour petite ! Eh ! comme tu vas ! — Je suis pressée : il y a des jours comme ça ! — Faut croire ! » disent-ils. Et elle passe. Elle arrive sur la place longue, qui va se rétrécissant jusqu'à l'église. Maintenant elle ne regarde plus que la chétive habitation posée à l'endroit le plus étroit, là-bas, en face de la porte latérale par où, le dimanche, entrent les fidèles. C'est tout petit : une fenêtre sur la place, une autre sur une ruelle descendante, un perron d'angle de trois marches. C'est très ancien, bâti sous la volée des cloches, sous l'ombre du clocher, le plus près possible de Dieu. Les Michelonne ont toujours demeuré là. Rousille les devine derrière les murs. Un demi-sourire, une lueur d'espoir traverse ses yeux tristes. Elle gravit les trois marches, et s'arrête pour reprendre haleine.

Quand Rousille appuya le doigt sur le poucier de fer fendillé, la porte s'ouvrit avec un bruit de sonnette si menu, si bien assourdi, qu'il fallait des oreilles de chatte pour l'entendre.

Mais c'étaient de vraies chattes, toujours aux aguets, les deux Michelonne, les faiseuses de capes de Sallertaine. Elles n'eurent pas plutôt pressenti une visite, à l'ombre qui se projetait par la porte vitrée, qu'elles écartèrent d'un même mouvement leurs chaises toutes voisines, et tournèrent la tête, laissant leurs mains chargées d'étoffe noire retomber sur leurs genoux. Elles se ressemblaient beaucoup, les deux sœurs. Elles avaient les mêmes rides en arc, profondes dans la chair rose, autour de la bouche édentée, autour du nez qui était rond, autour des yeux qui luisaient d'une lumière bleue, enfantine, comme d'un rire

perpétuel. C'était, chez elles, le reflet de soixante
ans de travail, d'amitié paisible et de bonne
conscience. Et il s'y mêlait un peu de malice sans
méchanceté, quelque chose comme de la flamme de
jeunesse, économisée au cours de la vie et survivant
dans un visage de vieilles. La misère ne leur avait
pas manqué, mais elles l'avaient toujours portée
à deux. Depuis leur enfance elles travaillaient là,
dans le rayon de la même fenêtre, l'une touchant
l'autre, et le jour s'avivait et décroissait sur leurs
aiguilles en marche. Pour fabriquer une cape,
pour tailler le drap et pour le coudre, il n'y avait
point à Sallertaine, ni au Perrier ni à Saint-
Gervais, d'ouvrières plus adroites et plus enten-
dues. On les aimait. Dès que la douceur de l'air
permettait d'ouvrir la fenêtre et de risquer sur
l'appui un pot de géranium lierre, il n'était guère
de passant qui ne dît, en dévalant par la ruelle,
pêcheur, chasseur, bourrinier, éleveur de chevaux : « Bonsoir et bon espoir, les Michelonne ! »
Elles répondaient honnêtement, d'un ton flûté,
sans qu'on pût reconnaître la voix de l'aînée
d'avec celle de la cadette. On les invitait aux
veillées d'automne, parce qu'elles savaient encore
des chansons, quand la jeunesse était à bout de
mémoire. Le curé disait d'elles : « La fleur de

mes paroissiennes ! C'est dommage qu'elles n'aient point de graine ! »

Lorsque Marie-Rose entra, elles ne se levèrent pas, mais elles dirent ensemble, Adélaïde près de la fenêtre et Véronique un peu plus loin :

— C'est toi, petite Lumineau ! Bonjour, ma belle !

— Assieds-toi, dit Adélaïde, car tu as l'air tout essoufflée.

— Tu n'es pas malade, au moins ? dit Véronique. Tes yeux sont grands comme ceux de la fièvre ?

— Merci, mes tantes, répondit Marie-Rose, — elle les appelait « mes tantes » à cause d'une parenté extrêmement difficile à établir, mais surtout à cause de leur bonté, — j'ai marché vite, et c'est vrai que je suis lasse. Je viens pour l'argent.

Les deux sœurs échangèrent un regard de côté, riant déjà à la pensée des noces prochaines, et l'aînée, Adélaïde, passant son aiguille sur ses lèvres, comme pour les dérider, demanda :

— Tu te maries donc ?

— Oh ! que non ! répondit Marie-Rose. Je me marierai comme vous, mes tantes, avec mon banc d'église et mon chapelet. C'est pour le père, qui n'a pas de quoi payer le fermage. On est en retard.

Et comme, en parlant, elle ne regardait pas les yeux de ses vieilles amies, mais bien le sombre de la chambre, quelque part vers les lits qui se suivaient le long du mur, les Michelonne hochèrent la tête, pour se communiquer leur impression, qu'il y avait quelque chose de nouveau tout de même dans la vie de Rousille. Mais les Michelonne étaient plus polies encore que curieuses. Elles réservèrent leur pensée pour les longues heures de causerie à deux, et Adélaïde, rejetant la cape à demi ouvrée, joignant ses mains noueuses et blanches comme des osselets, penchant sa taille toute plate, reprit gaiement :

— Vois-tu, ma belle, tu arrives bien ! Je t'ai pris à bail ton argent pour obliger mon neveu, qui a des juments dans le Marais, comme tu sais, et des jolies. Il est malin pour plusieurs, ce grand Francis. N'a-t-il pas vendu hier, justement, pour un si gros prix qu'il ne veut pas le dire, sa pouliche gris pommelé, qui courait comme un vanneau fou, et que tous les marchands et tous les dannions chérissaient de l'œil, en passant sur les prés ! Pour rendre un bon morceau de la somme, il ne sera guère gêné, tu comprends. Combien veux-tu ?

— Cent vingt pistoles.

— Tu les auras. C'est-il pressé ?

— Oui, tante Adélaïde. Je les ai promises pour demain.

— Alors, Véronique, ma fille, si tu allais chez le neveu ? La cape attendra bien une heure.

La cadette se leva aussitôt, et elle était si petite debout, qu'elle ne dépassait pas la tête de Marie-Rose assise. Prestement, elle secoua son tablier noir, sur lequel des bouts de fil s'étaient collés, embrassa la nièce sur les deux joues :

— Adieu, Rousille ! Demain tu n'auras qu'à revenir ici, ton argent y sera avec nous.

Dans la paix du bourg assoupi, on entendit descendre, le long de la ruelle, le pas glissant de Véronique.

Celle-ci n'avait pas plutôt disparu, qu'Adélaïde se rapprocha de Marie-Rose, et, pointant sur elle ses yeux toujours indulgents et clairs, mais dont les paupières, en ce moment, battaient d'inquiétude :

— Petite, dit-elle vivement, tu as du chagrin ? Tu as pleuré ? Tiens ! tu pleures encore !

La main ridée saisit la main rose de l'enfant.

— Qu'as-tu, ma Rousille ? Dis-moi comme à ta mère : j'ai de son cœur pour toi.

Marie-Rose retenait ses larmes. Elle ne voulait pas pleurer, puisqu'elle pouvait parler. Frissonnante au contact de la main qui touchait la
sienne, les yeux brillants, ferme de visage, comme
si elle s'adressait à tous les ennemis devant lesquels elle s'était tue :

— Ils ont renvoyé Jean Nesmy ! dit-elle en se
levant.

— Lui, ma chère ? un si bon travailleur !
Comment ont-ils fait cela ?

— Parce que je l'aime, tante Michelonne ! Ils
l'ont chassé ce matin. Et ils croient que tout sera
fini entre nous parce que je ne le verrai plus. Ah !
mais non ! Ils ne connaissent donc pas les filles d'ici ?

— Bien dit, Maraîchine ! fit la Michelonne.

— Je leur donnerai tout mon argent, oui, je
veux bien. Mais mon amitié, où je l'ai mise, je
la laisserai. Elle est jurée comme mon baptême.
Je n'ai pas peur de la misère ; je n'ai pas peur
qu'il m'oublie. Le jour où il reviendra, car il
a promis de revenir, j'irai au-devant de lui.
Personne ne m'en empêchera. Quand il y aurait
le Marais à traverser en yole, et de la neige, et
de la glace, et toutes les filles du bourg pour rire
de moi, et mon père et mes frères pour me le
défendre, j'irai !

Debout, irritée, elle jetait son amour et sa ran-
cune aux murs de cette chambre déshabituée
d'entendre des paroles à voix haute. Elle parlait
pour elle-même, pour elle seule, parce qu'elle
souffrait. Elle regardait devant elle, vaguement,
sans s'occuper de la Michelonne. Celle-ci, pourtant s'était levée ; elle écoutait, tout son corps
agité et soulevé, si bien prise aux paroles de
Rousille, si bien emportée au dehors de son
cercle restreint de pensées, que toute la paix
avait disparu de son visage, et qu'une femme se
retrouvait sous la vieille fille opprimée par la
vie, une femme qui se souvenait et qui rajeunis-
sait pour souffrir avec l'autre.

— Tu as raison, petite ; je t'approuve ; aime-le
bien !

Rousille, à ce mot, baissa les yeux vers la
Michelonne, et elle eut la révélation d'un être
qu'elle ne connaissait pas. Le regard avait une
flamme ; les pauvres bras, perclus de rhuma-
tismes, se tendaient vers Rousille et tremblaient
d'émotion.

— Oui, aime-le bien ! Ton bonheur est avec
lui. Laisse faire le temps, mais ne cède pas, ma
Rousille, parce que j'en connais d'autres qui ont
refusé de se marier, dans leur jeunesse, pour

plaire à leur père, et qui ont eu tant de peine, par
la suite, à tuer leur cœur ! Ne vis pas seule, car
c'est pire que la mort. Ton Nesmy, je le connais.
Ton Nesmy et toi, vous êtes de vrais terriens,
comme la campagne n'en a plus guère. Et si la
vieille tante Adélaïde peut te servir, te défendre,
te donner ce qu'elle a pour t'établir, viens me
trouver, ma fille, viens !

Elle tenait maintenant Rousille embrassée,
courbée sur son corsage noir. Et Rousille se laissait aller aux larmes, sur l'épaule de la Michelonne, à présent qu'elle avait tout dit.

La chambre fut un moment silencieuse comme
le village tout entier, sous la lourde chaleur. Puis
la Michelonne se dégagea doucement de l'étreinte
de l'enfant, et s'approcha de la fenêtre, mais sans
qu'on pût la voir du dehors. Un coin du Marais
s'encadrait vers l'ouest, entre deux toits voisins,
un angle dont les lignes fuyaient à l'infini dans
l'herbe rousse.

— N'est-ce pas, demanda-t-elle à voix basse,
c'est Mathurin qui t'a dénoncée ?

— Oui, tout le jour il m'espionnait.

— Il est jaloux, vois-tu ! Il t'en veut.

— De quoi, le malheureux !

— D'être jeune, ma pauvre ; il est jaloux de

tous ceux qui pourraient prendre la place qui lui
revenait, de François, d'André, de toi. Il est
comme un damné, quand il entend dire qu'un
autre conduira la ferme du père. Veux-tu que je
te dise tout?

Sa main frêle se leva, et montra les lointains de
Marais où des peupliers, aussi menus que des
brins d'avoine, rayaient par place le ciel.

— Eh bien, il pense encore à celle de la Seulière !

— Pauvre frère, dit Rousille en remuant la
tête, s'il y pense encore, elle se moque bien de
lui !

— Innocente ! reprit la vieille tout à fait bas.
Je sais ce que je sais. Défie-toi de Mathurin, parce
qu'il a bu trop d'amour pour oublier. Défie-toi de
Félicité Gauvrit, parce qu'elle enrage d'être mé-
tayère et que les épouseurs ne viennent plus.

Rousille allait répondre. La Michelonne lui fit
signe de se taire. Elle entendait un pas dans la
ruelle. Vite, elle essuya ses yeux, elle se rassit,
elle ramassa l'ouvrage, comme une petite fille
surprise en faute par sa mère. Des sabots cla-
quèrent au pied du mur, dépassèrent le perron
d'angle, tournèrent vers le bas de la place.

Ce n'était pas Véronique.

Marie-Rose s'était reculée. Elle considérait son unique amie, vieille, usée, craintive, mais dont le cœur était encore jeune. Et elle ne songea plus à ce qu'elle voulait répondre. Et elle dit simplement :

— Adieu, tante Michelonne. Si j'ai besoin d'aide, je sais où aller.

— Adieu, petite ! Défie-toi de Mathurin ! Défie-toi de celle de là-bas !

Elles ne se parlèrent plus que par leurs yeux qui ne se quittaient pas. Rousille se retirait à reculons. Bientôt la porte s'ouvrit ; le loquet retomba : il ne resta plus dans la chambre qu'une vieille pliée bien bas, qui s'efforçait de coudre dans le drap noir, et qui ne voyait pius son aiguille.

IV

LE PREMIER LABOUR DE SEPTEMBRE

C'était le surlendemain du jour où Rousille
avait vu les Michelonne, un lundi. La veille, des
nuées d'orage, sorties de la mer l'une après l'autre,
de l'aube jusqu'au soir avaient passé sur le pays,
et, comme des poches éventrées d'où le grain
coule, avaient versé leur pluie aux terres arides.
Beaucoup de feuilles, celles des hautes branches
surtout, étaient tombées; les autres, encore
lourdes, restaient penchées. Un parfum de forêt
mouillée s'élevait vers le ciel calme et laiteux. Il
ne faisait pas de brise; aucun oiseau ne chantait;
la campagne semblait uniquement attentive aux
dernières gouttes, formées pendant la nuit, et
qui s'écrasaient au pied des arbres, avec des vibra-
tions de métal. Quelque chose avait dû mourir,

dont le monde demeurait accablé. Et, en effet, sur
les collines de Challans, au large de la Fromentière, le grincement lointain d'une charrue, les
appels d'un toucheur de bœufs, disaient le commencement des labours d'automne.

A la Fromentière, Éléonore et Marie-Rose
chauffaient le four dans la boulangerie, qui se
trouvait aux deux tiers de la maison à gauche,
et qui séparait leur chambre d'avec le réduit où
couchait François. La flamme jaillissait de l'ouverture en demi-cercle béante au fond de la pièce ;
elle s'échappait en torsades lourdes, en groupes
de pétales rouges et redressés sur leurs tiges.
Éléonore, debout, dans une robe de mauvaise indienne qui lui collait à la peau, soulevait au bout
d'une fourche en fer des bourrées d'épines entas-
sées à ses pieds, et les poussait dans le brasier.
Marie-Rose, affairée, sortait et revenait, apportant
la pâte de pain dans des corbeilles de paille. Elles
ne se parlaient pas : depuis longtemps l'intimité
s'était relâchée entre les deux sœurs. Cependant,
comme Éléonore se détournait, pour la dixième
fois, vers la porte, et semblait interroger la cour
déserte :

— Qu'attends-tu donc, Lionore ? demanda
Rousille.

— Rien, répondit maussadement l'aînée : j'ai chaud, les yeux me piquent.

Elle se mit aussitôt à séparer les braises ardentes et à les ranger en talus le long des bords du four. Quand ce fut fait :

— Aide-moi à enfourner, dit-elle.

Une à une, les mottes de pâte, marbrées de farine et de veines craquelées, étaient versées par Rousille sur une large pelle plate, qu'Éléonore glissait sur les carreaux brûlants, et retirait d'un coup sec. Il y avait vingt mottes de douze livres, de quoi nourrir toute la Fromentière et de quoi donner aux pauvres du lundi pendant une quinzaine. La dernière venait d'être placée près de l'entrée, qu'Éléonore bouchait avec une plaque de tôle ; les deux sœurs s'essuyaient les joues avec leurs manches ; une odeur de pain frais s'échappait par les fentes du four, quand une grosse voix rieuse appela du dehors :

— Monsieur François Lumineau, c'est-il ici ?

Un visiteur qu'on voyait assez souvent à la Fromentière depuis quelques mois, le facteur, tendait une lettre à en-tête imprimé. Il ajouta pour plaisanter, pour dire quelque chose :

— Ça vient encore des chemins de fer de l'État, mam'selle Lionore ! On a donc des amis, là-bas ?

— Merci, dit rapidement Éléonore, en prenant
la lettre et en la serrant dans la poche de son tablier ; je la remettrai au frère. Il fait beau temps
aujourd'hui pour courir ?

— Mais oui, plus beau que pour chauffer le
four, à ce que je vois.

L'homme fit demi-tour sur ses souliers éculés,
et, de son pas sans élan, qui faisait sept lieues par
jour pour trente sous, s'éloigna.

Éléonore, appuyée contre la porte, ne s'occupait plus de lui. Elle considérait, comme hypno-
tisée, la bordure de papier blanc qui dépassait
l'ouverture de sa poche. Une émotion extraordi-
naire s'emparait d'elle. Ses paupières se gonflaient.
La poitrine se soulevait sous le corsage d'indienne
taché de farine et de suie.

— Tu as des secrets, va, je sais bien, dit Marie-
Rose un peu derrière elle. Je ne te les demande
pas ; je suis habituée, à la maison, à être seule
de mon espèce. Mais je vois tout de même bien
des choses. Hier encore, après la messe, tu as été,
avec François, lire un papier dans la ruelle de la
Michelonne, et tu faisais de grands gestes, pendant
que je prenais l'argent... Oh ! voilà que tu pleures !...
C'est si triste, Éléonore, de voir pleurer sa sœur...
sans comprendre,... sans rien pouvoir lui dire !

La grande Éléonore, à la stupéfaction de Rousille, lui tendit la main, en arrière, sans se détourner, et cette main tremblait. Elle attira la petite sur son cœur qui battait follement. Pour la première fois depuis des années, vaincue par l'émotion, elle posa sa joue sur le front de Rousille, et, tout à coup, elle éclata en sanglots.

— Oui, dit-elle, oui, il y a un secret, ma pauvre Rousille, un si grand que je n'en aurai jamais deux pareils... Je ne peux pas te le dire... Il est là dans la lettre... Mais c'est François qui doit la lire d'abord, et puis le père... Dieu, que je suis malheureuse !

Rousille, tendrement, leva son visage tout contre le visage en pleurs de l'aînée.

— Mais le secret, Lionore, ça ne regarde que François, n'est-ce pas ?

— Non, moi aussi, moi aussi ! Oh ! quand tu apprendras, Rousille !... C'est François qui m'a décidée ; il m'en a tant dit que j'ai cédé... J'ai signé,... à présent tout est fini... Cependant, s'il n'était pas là, vois-tu, je sens que je ne pourrais pas, que je casserais le marché, que je refuserais...

— Tu pars, Lionore ? cria la petite en se reculant.

Elle ne reçut d'autre réponse que l'extrême pâleur de l'aînée.

— Tu pars? reprit-elle. Où vas-tu? Ne nous laisse pas!

Éléonore, d'abord stupéfaite, eut un geste de colère. Elle repoussa celle que, dans un moment de douleur, elle avait attirée.

— Tais-toi! fit-elle. Ne dis pas des mots pareils! Tu veux donc nous vendre?

— Je n'en ai guère envie.

— Ils viennent!... Tu les as entendus!... Tu parles pour eux, vendeuse de secrets!

— Mais non!

— Les voilà, écoute!

On entendait le pas assourdi des hommes, distants les uns des autres, qui revenaient pour le repas de midi.

Éléonore, affolée, la voix coupée par l'émotion et devenue presque suppliante, reprit :

— C'est Mathurin qui est devant... Pourvu qu'il n'ait pas compris ce que tu as dit, Rousille,... rien qu'à me voir il devinera tout... Je ne peux pas retourner à la maison avec des yeux comme ça, tout rouges... vas-y à ma place... va tremper la soupe... j'irai dans un moment avec vous...

Les hommes rentraient, ils marchaient comme

à l'ordinaire, sans se hâter, et François seul
pouvait pressentir la nouvelle qui les attendait.
La chaleur avait séché les herbes et les feuilles.
Le jour voilé était d'une douceur pénétrante.
Des linots, en vols bondissants, s'abattaient dans
les charroyères où les chardons penchaient,
brisés par le pied des bêtes. L'odeur du pain
chaud s'épandait autour de la ferme.

Et, réjoui par ce parfum de vie, le grand
vieux métayer entra dans la salle où Mathurin
l'avait précédé. Quand elle les eut vus disparaître, Éléonore, qui guettait à la porte de
la boulangerie, traversa la cour et rejoignit
François dans l'étable. Celui-ci venait de jeter à
terre une lourde charge de maïs, et repliait la
corde sur son bras.

— Tiens ! dit-elle. Ils te demandent ! Elle m'a
brûlé le sang, ta lettre !

Toute pâle encore, Éléonore tendait la lettre,
et la regardait passer de ses mains dans celles
de l'autre, avec un respect craintif de la destinée
inconnue.

— Pour quand est-ce ? dit-elle. Dépêche-toi !

Le gars, sans émotion apparente, essaya de
sourire pour marquer sa supériorité d'homme,
déchira lentement l'enveloppe avec ses gros

doigts mouillés, lut, réfléchit un moment, et
répondit :

— Allons, c'est pour demain !

— Demain, Jésus !

— Oui, je dois être à midi à la Roche, pour
prendre mon service dans les chemins de fer.

Éléonore se couvrit le visage des deux mains.

— Ah çà ! ne me lâche pas, toi, maintenant !
continua l'homme. Est-ce que tu veux me
lâcher ?

— Non, François, mais partir demain...
demain !

— Pas demain, ce soir, tout à l'heure... Fallait
bien t'y attendre. Voilà deux mois que tu es
engagée avec le cafetier de la rue Neuve. As-tu
signé le bail, oui ou non ?

— Oui.

— M'as-tu promis de tenir mon ménage ?

— Oui, François.

— Quand tu me demandais de te trouver une
bonne place aussi, à la Roche, j'ai bien voulu
m'occuper de toi, mais à condition que tu ferais
mon ménage. J'ai besoin de quelqu'un, moi ! Et
tu ne veux plus venir à présent ?

— Je ne dis pas...

— Eh bien ! je dirai au père, moi, tout à

l'heure, ce que tu m'avais promis. Reste donc :
ils te feront une jolie vie à la Fromentière, quand
je serai parti ; sans parler du procès que l'homme
de la Roche commencera tout de suite, tu entends,
tout de suite, si tu refuses de prendre le débit
que tu as loué ! Reste ! Moi, je m'en vas !

Elle enleva les mains de dessus sa figure, et,
toujours dominée par l'impression du moment :

— J'irai, dit-elle ; quand tu voudras, je serai
prête ; seulement je ne pourrais pas t'entendre
parler au père : ne lui parle pas devant moi...

Elle quitta en hâte l'étable, et rentra dans la
salle pour servir le dîner, tandis que François
donnait à ses bœufs leur ration de fourrage, et
s'attardait à ce travail.

Toussaint Lumineau causait tranquillement
avec Mathurin. Assis côte à côte devant la table
et regardant fumer leur assiette de soupe, ils
devisaient du nouveau valet qu'il faudrait em-
baucher prochainement.

— Je l'embaucherai à la foire de Challans,
disait le père.

— C'est trop tard.

— Nous ferons de notre mieux jusque-là, mon
garçon. Je le prendrai fort, je choisirai un valet
du pays.

— Oui, pas un Boquin, surtout! On les connaît!

Toussaint Lumineau hocha la tête, et dit doucement :

— Ne lui fais pas injure, Mathurin. J'ai renvoyé Jean Nesmy, et j'ai eu raison. Mais, pour le travail, il n'y avait que de bonnes choses à dire de lui. Ça travaillait honnêtement. Ça aimait la terre, tandis que d'autres...

La petite Rousille écoutait, les yeux baissés, comme une statue, près de la fenêtre. François entra.

— Tandis que d'autres, continua le père en élevant un peu la voix, n'ont pas assez de vaillance, tout à fait. N'est-ce pas, mon François ?

Le fils blond et rose haussa les épaules en s'asseyant.

— C'est trop dur, dit-il. Depuis que je suis revenu, je ne puis plus m'y refaire à ce métier-là.

— Ah! moitié de paysan, cria Mathurin, tu n'as pas honte ? Moi, si je pouvais marcher, le père n'aurait pas même besoin d'un valet. Regarde ces bras-là !

Et il tendait ses bras, dont les muscles saillaient sous l'étoffe de la veste, comme des nœuds de chêne emprisonnés dans l'écorce. Et le sang

lui montait au visage, et gonflait jusqu'aux veines
et aux glandes de ses yeux.

— Pauvre gars ! dit le père en lui touchant la
main pour l'abaisser ; pauvre gars, je sais bien,
ton malheur coûte cher à la Fromentière...

Il ajouta, après un petit silence :

— Nous ferons tout de même de jolis labours,
mes enfants, avec François, et notre Driot, qui
ne tardera guère, et le valet que je prendrai...
Pour aujourd'hui, j'ai idée d'attaquer la pièce de
la Cailleterie, qui n'a pas donné depuis deux ans.
La pluie a dû mollir la terre. La charrue mordra
bien.

Éléonore, qui venait de pousser la porte de la
décharge, s'arrêta toute troublée, en voyant François remuer les lèvres comme s'il voulait répondre
et dire le secret. Mais aucun mot ne sortit plus
de la bouche du cadet tant que dura le repas.

Vers la fin, comme ils allaient se lever de table,
Mathurin regarda le ciel par les vitres enfumées,
et demanda :

— Père, emmenez-moi avec le harnais ?

— Oui, bien sûr. Va querir la voiture, Lionore ;
et toi, François, enjugue les bêtes.

Il était presque gai, le métayer de la Fromentière. Les enfants pensèrent qu'il avait l'esprit

vers Driot, dont il disait le nom, maintenant,
plus de dix fois le jour. Mais ce n'était que le
premier labour de la saison qui le rendait
content.

Un quart d'heure plus tard, le père se passa
autour du corps la sangle attachée à l'étroite
caisse de bois où l'infirme était assis, et, comme
on hale un bateau, il tira la charrette. Les
bœufs marchaient devant, conduits par François.
Ils montèrent par le chemin où les pas de Jean
Nesmy étaient encore marqués dans la poussière.
C'étaient quatre bœufs superbes précédés par une
jument grise, Noblet, Cavalier, Paladin et Matelot, tous de même robe fauve, avec des cornes
évasées, l'échine haute, l'allure lente et souple.
Traînant sans peine la charrue dont le soc était
relevé, ils gravissaient la pente, et quand une
pousse de ronce, tendue en travers de la route,
tentait leur mufle baveux, ils ralentissaient ensemble l'effort, et la chaîne de fer qui liait le
premier couple au timon touchait terre et sonnait.
François, le long de leurs flancs, s'en allait, tout
sombre. Une pensée l'occupait, qui n'était point
celle du travail quotidien.

Ceux qui venaient derrière lui, le métayer et
l'infirme, ne parlaient pas davantage. Mais leur

esprit demeurait enfermé dans l'horizon qu'ils traversaient. Ils inspectaient avec le même amour tranquille les fossés, les barrières, les coins de champ aperçus au passage ; ils réfléchissaient aux mêmes choses simples et anciennes, et en eux la méditation était le signe de la vocation, la marque du glorieux état de ceux qui font vivre le monde. Quand ils furent arrivés en haut de la butte, dans la pièce de la Cailleterie, le père aida Mathurin à sortir de la voiture, et l'infirme s'assit au pied d'un cormier dont les branches faisaient une ombre fine sur le talus. Devant eux, la jachère descendait en courbe régulière, hérissée d'herbes sèches et de fougères. Quatre haies dessinaient et fermaient le rectangle. Par-dessus celle du bas, on voyait les profondeurs du Marais, comme une plaine bleue sans divisions. Et le père, ayant fait sauter la cheville qui retenait le soc, rangea lui-même la charrue près de la haie de gauche, et la mit en bonne place.

— Reste là au chaud, dit-il à Mathurin. Toi, François, conduis bien droit tes bœufs. C'est un beau jour de labour. Ohé ! Noblet, Cavalier, Paladin, Matelot !

Un coup de fouet fit plier les reins à la jument de flèche ; les quatre bœufs baissèrent les cornes

et tendirent les jarrets ; le soc, avec un bruit de
faux qu'on aiguise, s'enfonça ; la terre s'ouvrit,
brune, formant un haut remblai qui se brisait en
montant et croulait sur lui-même, comme les
eaux divisées par l'étrave d'un navire. Les bonnes
bêtes allaient droit et sagement. Sous leur peau
plissée d'un frémissement régulier, les muscles
se mouvaient sans plus de travail apparent que si
elles eussent tiré une charrette vide sur une route
unie. Les herbes se couchaient, déracinées :
trèfles, folles avoines, plantains, phléoles, pimpre-
nelles, lotiers à fleurs jaunes déjà mêlées de
gousses brunes, fougères qui s'appuyaient sur
leurs palmes pliées, comme de jeunes chênes
abattus. Une vapeur sortait du sol frais surpris
par la chaleur du jour. En avant, sous le pied
des animaux, une poussière s'élevait. L'attelage
s'avançait dans une auréole rousse que traversaient les mouches. Et Mathurin, à l'ombre du
cormier, regardait descendre avec envie le père,
le frère, la jument grise, et les quatre bœufs
de chez lui dont la croupe diminuait sur la
pente.

— François, disait le métayer, réjoui de sentir
battre dans ses mains les bras de la charrue,
François, prends garde à Noblet qui mollit !

Touche Matelot!... La jument gagne à gauche!...
Veille, mon gars, tu as l'air endormi !

Le cadet, en effet, ne prenait aucun goût à conduire le harnais. Il songeait qu'il fallait parler,
et la peur de commencer lui tenait le front
baissé. Ils tournèrent au bas du champ, et remon-
tèrent, traçant un second sillon près du premier.
Les cornes des bœufs, l'aiguillon de François,
commencèrent à reparaître au ras des herbes
qu'observait Mathurin. Celui-ci, pour saluer le
retour du harnais, se mit à « noter », à chanter,
de toute sa voix, la lente mélopée que chacun
varie et termine comme il veut. Les notes s'envo-
laient, puissantes, avec des fioritures d'un art
ancien comme le labour même. Elles soutenaient
le pas des bêtes qui en connaissaient le rythme ;
elles accompagnaient la plainte des roues sur les
moyeux ; elles s'en allaient au loin, par-dessus
les haies, apprendre à ceux de la paroisse qui
travaillaient dehors que la charrue soulevait enfin
la jachère, dans la Cailleterie des Lumineau. Elles
réjouissaient aussi le cœur du métayer. Mais
François demeurait sombre.

Quand l'attelage atteignit l'ombre du cormier :

— Père, dit Mathurin, vous ferez bien de

replanter notre vigne qui s'en va. Dès que Driot
sera là, faudra nous y mettre. Qu'en dites-vous?

Car il avait toujours l'esprit en songerie vers
l'avenir de la Fromentière.

Le métayer arrêta les bœufs, leva son chapeau,
et ses cheveux apparurent tout fumants. Il sourit
de contentement.

— Tu as de jolies idées, Mathurin; si le grain
pousse bien dans la Cailleterie, foi de Lumineau,
j'achète du plant pour la vigne... J'ai espoir dans
notre labour d'aujourd'hui... Allons, cadet, range
le harnais... Ménage ta jument qui a chaud,
flatte-la un peu, tiens-toi dans sa vue pour qu'elle
aille plus sagement.

L'attelage repartit. Une lumière ardente et
voilée enveloppait bêtes et gens. Tous les flancs
battaient. Les mouches criblaient l'air. Des tour-
terelles, gorgées de remberge, se posaient dans
les ormes, fuyant les chaumes embrasés.

Comme l'infirme ne chantait plus, le métayer
dit, vers la moitié du champ :

— A ton tour de noter, François ! Chante,
mon garçon, ça t'éjouira le cœur.

Le jeune homme continua une dizaine de pas,
puis il essaya de noter : « Oh ! oh ! les valets,
oh ! oh ! oh ! » Sa voix, qu'il avait plus haute

6

que Mathurin, fit dresser l'oreille des bœufs, et
s'en alla tremblante. Mais, tout à coup, elle
s'arrêta, brisée par la peur dont il n'était pas
maître. Il se raidit, leva le menton vers le Marais,
s'efforça encore de chanter, et trois notes jaillirent.
Puis un sanglot termina la chanson, et rouge de
honte, le gars se remit à marcher en silence, le
visage tourné vers la jachère, devant le vieux
métayer qui, par-dessus la croupe des bœufs, le
regardait.

Pas un mot ne fut dit, de part ni d'autre, tant
que le père n'eut pas achevé le sillon. Alors, au
bas du champ, Toussaint Lumineau demanda,
troublé jusqu'au fond de l'âme :

— Tu as du nouveau, François, qu'y a-t-il
donc ?

Ils étaient à trois pas de distance, le père au
ras de la haie, le fils de l'autre côté de l'attelage,
à la tête des premiers bœufs.

— Il y a, père, que je m'en vais !

— Que dis-tu, François ?... Le chaud du jour
t'a touché l'esprit... Tu es malade ?...

Mais il reconnut aussitôt, à l'expression des
yeux de son fils, qu'il se trompait, et qu'il y
avait bien autre chose qu'un malaise : un malheur,
François s'était décidé à parler. Une main passée

sur l'échine de Noblet, comme pour se retenir,
si nerveux et enfiévré qu'il fléchissait sur ses
jambes, le regard dur et insolent, il cria :

— J'en ai assez ! C'est fini !

— Assez de quoi, mon gars ?

— Je ne veux plus remuer la terre, je ne veux
plus soigner les bêtes, je ne veux plus m'éreinter,
à vingt-sept ans, pour gagner de l'argent qui
passe à payer la ferme : voilà ! Je veux être mon
maître et gagner pour moi. Ils m'ont accepté
dans les chemins de fer. Je commence demain ;
demain, vous entendez ?

Il élevait la voix dans une sorte de rage :

— Je suis nommé. Ce n'est pas à faire. C'est
fait. J'emmène avec moi Éléonore, qui fera mon
ménage. Elle vient avec moi à la Roche. Elle en
a assez, elle aussi. Elle a trouvé une bonne place,
un débit où elle gagnera plus que chez vous.
Au moins, elle pourra se marier... Et on n'est
pas de mauvais enfants pour ça. N'allez pas le
dire ! Ne faites pas la figure que vous faites !...
On a accompli notre temps chez vous, mon père !
On a patienté jusqu'au retour d'André... A présent qu'il revient, il peut bien vous aider, lui :
c'est son tour !

Le métayer était resté étourdi sous le coup.

Il avait seulement beaucoup pâli. Les dents ser-
rées, touchant sa charrue d'un bras, il demeurait
sans parole, les yeux fixés sur François, comme
sur un être privé de raison. Les idées, lentement,
avec leur douleur, lui entraient dans l'âme.

— Mon François, ce que tu dis là ne se peut.
Eléonore ne s'est jamais plainte de son travail.

— Ah ! bien oui ; pas à vous !

— Toi, tu as toujours été bien aidé. Si je t'ai
reproché des fois ton nonchaloir, c'est que les
années sont dures pour tous. Mais, puisque je
vais prendre un valet, puisque Driot nous arrive
dans quinze jours, ça fera quatre hommes, avec
moi qui vaux encore un peu. Tu ne pars pas,
François ?

— Si.

— Où veux-tu être mieux que chez nous ?
Est-ce que le pain t'a manqué ?

— Non.

— Est-ce que je t'ai refusé des habits, ou
seulement de l'argent pour ton tabac ?

— Non.

— François, c'est le cœur qui t'a changé,
depuis le régiment.

— Ça se peut.

— Mais tu ne veux pas t'en aller, dis ?

Le gars fouilla dans la doublure de sa veste, et tendit la lettre.

— C'est pour demain midi, fit-il ; si vous ne me croyez pas, lisez !

Par-dessus la croupe du bœuf, le père étendit le bras. Mais il tremblait si fort qu'il tâtonnait pour saisir la lettre. Puis, quand il l'eut entre les mains, dans un subit accès de révolte, au lieu de l'ouvrir, il la froissa, la tordit, la rompit en miettes, la jeta sous ses sabots, l'écrasa sur la terre molle.

— Tiens ! cria-t-il, il n'y a plus de lettre ! Iras-tu encore ?

— Ça n'empêchera rien, répondit François.

Il voulut passer devant le père et s'éloigner. Mais, sur ses épaules, une main puissante s'abattit. Une voix commanda :

— Arrête ici !

Et le fils dut s'arrêter.

— Qui t'a engagé, François ?

— Les chefs.

— Non, qui t'a conseillé ? Tu n'as pas fait ça tout seul. Il y a eu un monsieur, pour t'aider. Qui est-ce ?

Le jeune homme hésita un instant, puis, se sentant prisonnier, balbutia :

6.

— M. Meffray.

D'une poussée, le père le fit courir sur l'herbe.

— Sauve-toi, à présent ! Attelle la Rousse à la carriole, et tout de suite ! J'y vais, moi, chez le Meffray !...

Il avait crié cela dans sa colère.

Mais quand il vit son fils lui obéir et prendre le chemin de la métairie, quand il se trouva seul dans le bas de son champ, une angoisse le saisit. Il avait toujours trouvé de l'aide dans les circonstances difficiles de sa vie. Cette fois, surpris par le danger, en plein travail de labour, il tourna lentement sur lui-même, comme poussé par l'habitude, et chercha dans la campagne, aussi loin que ses yeux pouvaient porter, un sauveur, un appui, quelqu'un qui défendît sa cause, et le conseillât. Ses bœufs au repos le regardaient. Il aperçut d'abord, entre les arbres, le clocher de Sallertaine. Mais il secoua la tête. Non, le curé n'y pouvait rien. Le vieil et bon ami qu'il consultait volontiers, Toussaint Lumineau le savait impuissant contre les hommes de la ville, les fonctionnaires, les administrations, contre tout l'inconnu immense qui s'étendait autour de la paroisse. Son regard quitta l'église, rencontra des fermes et ne s'arrêta pas ; mais il s'arrêta un peu sur les toits aigus de la Fromentière. Ah! le marquis, s'il avait été là! Rien ne l'intimidait, lui, ni les galons, ni les titres, ni les paroles que les pauvres ne comprennent pas. Et rien ne lui coûtait non plus : il aurait fait le voyage de Paris pour empêcher un Maraîchin de partir. Hélas! le château était vide. Plus de maîtres... Le vieux métayer ramena ses yeux sur les deux sillons fraîchement ouverts, qui montaient devant lui jusqu'au cormier, là-bas; alors il songea que Mathurin devait attendre et s'étonner, qu'il fallait lui dire quelque chose et ne pas l'inquiéter.

— Ohé! cria-t-il, Lumineau !

Par-dessus la courbe du champ, dans l'air tranquille, une voix répondit :

— Je suis toujours là. Vous ne remontez pas?

— Non. La chaîne du timon a cassé. J'emmène le harnais.

— Bien.

— Ne t'ennuie pas, Mathurin, je m'en vas par la coulée du pré : Rousille viendra te chercher.

Il y avait, au bas du champ, une brèche bouchée avec des fagots d'épines, qui donnait sur une mince bande de pré, et par où on pouvait rentrer à la Fromentière. Le métayer, pour ne pas être exposé aux questions de l'infirme, prit cette route, et, touchant ses bœufs, revint à la ferme.

Au milieu de la cour, il aperçut la carriole attelée, près de laquelle se tenait François en habits de dimanche.

— Attache les bœufs ! dit-il rudement.

Puis, passant devant lui, ouvrant la porte de la maison, il appela :

— Éléonore ?

Rien ne répondit.

Il entra dans la salle, traversa la décharge, et trouva Rousille.

— Où est ta sœur ?

— Tout à l'heure, elle causait dans la cour avec François. Faut-il la chercher ?

— Non, ça suffit. Je la reverrai... Rousille, nous avons affaire à Challans, moi et François. Nous reviendrons avant souper. Toi, va querir Mathurin, qui se languirait dans la Cailleterie, et ramène-le.

Sans un mot de plus, le métayer gagna l'endroit de la cour où attendait François. Il monta dans la carriole, fit signe à son fils de monter à côté de lui, et, d'un coup de fouet, enleva la jument qui n'était pas habituée à être menée durement. La Rousse partit au galop.

« Qu'ont-ils donc à courir si vite ? » pensèrent les rares témoins qui les virent passer sur la route, témoins auxquels rien n'échappe, cabaretiers

devant leurs portes, chineurs longeant les sentes,
paysans aux aguets, dressés entre deux souches ;
« Qu'ont-ils donc ? Le vieux Lumineau frappe la
Rousse, comme un valet qui a peur du maître, et
il secoue les guides, et il ne dit rien à son gars. »
Le métayer s'exaltait, en effet, dans la méditation
de son chagrin. Sa colère grandissait. Il mar-
mottait, entre ses dents, des paroles qu'il allait
dire à ce Meffray, et son bras, que démangeait
un besoin de lutte et de vengeance, fouettait la
Rousse. François, au contraire, épuisé par l'effort
qu'il avait fait, rendu à son apathie naturelle, se
laissait emporter vers la destinée, et regardait la
campagne sans aucune idée.

Ce fut lui qui descendit le premier sur la place
de Challans, près des Halles-Neuves, et attacha la
jument à un anneau scellé dans un des piliers.
Puis il suivit le père qui tournait par une des
rues, à gauche, et s'arrêtait devant une maison
étroite, neuve, bâtie en tuffeaux et en briques.
Une plaque de fonte, au-dessous de la sonnette,
portait : « Jules Meffray, ancien huissier, conseiller d'arrondissement. »

Le métayer sonna vigoureusement.

— Le patron est ici ? demanda-t-il à la servante
qui ouvrait.

La fille considéra ce paysan qui venait chez son maître en vêtements de travail tachés de boue, et qui n'avait pas l'air d'humeur accommodante, à en juger par le ton des paroles et par la couleur du regard. Elle répondit :

— Je crois que oui, qu'est-ce que vous lui voulez ?

— Dites-lui que c'est Toussaint Lumineau, de la Fromentière ; qu'il se dépêche, je suis pressé !

Étonnée, n'osant faire entrer Lumineau dans la salle à manger où M. Meffray recevait d'ordinaire ses clients, elle laissa le métayer et François dans le corridor tapissé de papier gris, au fond duquel l'escalier tournait. En se retirant, elle ne regardait pas François, dissimulé en arrière, honteux, mais seulement ce grand vieux, dont les épaules touchaient presque aux deux murs et qui se tenait si droit, le chapeau sur la tête, au-dessous de la lanterne en verre dépoli qu'on n'allumait jamais.

Peu d'instants après, la porte du jardin s'ouvrit ; un homme s'avança, de haute taille lui aussi, trop gros, vêtu d'un complet de flanelle blanche et coiffé d'une casquette de même étoffe. Dans sa figure rasée ses petits yeux papillotaient, gênés sans doute par la brusque diminution de la lumière. C'était M. Meffray, le grand électeur de

Challans, demi-bourgeois ambitieux, animé d'une haine secrète contre les paysans, et qui, sorti de leur race, vivant à côté d'eux dans un bourg, n'avait cependant plus que l'intelligence de leurs défauts, dont il usait. Averti de la façon dont Lumineau s'était présenté, redoutant les scènes violentes, il s'arrêta près de la première marche de l'escalier, posa le coude sur la rampe, porta trois doigts à sa casquette, et dit négligemment :

— On aurait dû vous faire entrer, métayer. Mais enfin, puisque vous êtes pressé, paraît-il, nous pouvons causer ici. J'ai rendu service à votre fils, est-ce à cause de cela que vous venez ?

— Justement, dit Lumineau.

— Si je peux vous servir encore à quelque chose ?

— Je veux garder mon gars, monsieur Meffray.

— Comment, le garder ?

— Oui, que vous défassiez ce que vous avez fait.

— Mais, ça dépend de lui, métayer. As-tu reçu ta lettre de convocation, François ?

— Oui, monsieur.

— Si tu désires ne pas te rendre à ton poste, mon ami, les candidats ne manquent pas pour te remplacer, tu sais. J'ai dix autres demandes que

j'aurais plus de raisons d'appuyer que je n'en ai
eu pour appuyer la tienne. Car, enfin, vous
autres Lumineau, vous n'êtes pas avec nous dans
les élections. Renonces-tu ?

— Non, monsieur.

— C'est moi qui ne veux pas qu'il parte, interrompit Toussaint Lumineau. J'ai besoin de lui à
la Fromentière.

— Mais il est majeur, métayer !

— Il est mon fils, monsieur Meffray ! Il me doit
son travail. Mettez-vous à ma place, à moi qui
suis vieux. Je comptais sur lui pour lui laisser
ma métairie, comme mon père me l'a laissée à
moi. Et il s'en va. Il emmène ma fille avec lui.
Je perds deux enfants, et c'est par votre faute.

— Ah ! pardon ! je n'ai pas été le trouver ; il
est venu.

— Mais sans vous il ne partait pas, ni Éléonore !
Il leur a fallu des protections. Vous appelez ça un
service, monsieur Meffray ? Est-ce que vous savez
seulement ce qui convient à François ? L'avez-
vous vu chez moi, pour croire qu'il était malheureux ? Monsieur Meffray, il faut me le rendre !

— Arrangez-vous avec votre fils ; ça ne me
regarde plus.

— Vous ne voulez pas aller parler à ceux qui

ont embauché mon enfant et casser le marché?

Toussaint Lumineau s'avança d'un pas, et, élevant la voix, tendant le bras en avant pour mieux désigner l'homme:

— Alors, vous avez fait plus de mal à mon fils dans un jour que moi dans toute sa vie!

La lourde figure de M. Meffray s'empourpra.

— Va-t'en, vieux chouan! cria-t-il. Emmène ton fils! Devenez ce que vous pourrez. Ah! ces paysans! Occupez-vous d'eux, voilà comment ils vous remercient!

Le métayer n'eut pas l'air d'entendre. Il demeura immobile. Mais ses yeux eurent une lueur ardente. Du fond de son cœur douloureux, du fond de sa race catéchisée depuis des siècles, des mots de croyant montèrent à ses lèvres.

— Vous répondrez d'eux! dit-il.

— De quoi?

— Là où ils vont, ils se perdront tous les deux, monsieur Meffray. Vous répondrez de leur salut éternel!

Comme étourdi par cette phrase dont il n'avait jamais entendu le son, le conseiller d'arrondissement ne répliqua pas. Il mit du temps à comprendre une idée si différente de celles qui l'occupaient toujours. Puis il jeta un regard de

7

mépris sur le grand paysan debout à deux pas
de lui, tourna sur ses talons, et, regagnant la
porte du jardin, murmura :

— Sauvage, va !

Toussaint Lumineau et son fils descendirent
dans la rue. Ils allèrent côte à côte, sans se
parler, jusqu'à la carriole, qu'ils avaient laissée
sur la place. Là, le père détacha la jument, se
tint près du marchepied, et dit :

— Monte, François, et retournons chez nous !
Mais le jeune homme se recula.

— Non, dit-il, c'est fini ! Vous ne me ferez pas
changer. D'ailleurs, j'ai prévenu Lionore, qui doit
être déjà partie de la Fromentière. Vous ne la
retrouverez plus.

Il avait quitté son chapeau pour l'adieu, et,
gêné, il regardait l'ancien, qui semblait près de
défaillir, et qui, les yeux à moitié fermés, s'ap-
puyait au brancard.

Sous le couvert des Halles, il n'y avait personne. Quelques femmes, dans les boutiques
autour de la place, observaient négligemment les
deux hommes.

Après un moment, François se rapprocha un
peu. Il tendit la main, sans doute pour serrer,
une dernière fois, celle du père. Mais celui-ci,

l'ayant vu, se ranima ; d'un geste il lui défendit d'avancer ; puis il sauta dans la carriole, et fouailla la Rousse, qui se remit au galop.

V

L'APPEL AU MAITRE

Éléonore s'était laissé convaincre : elle avait fui.
Cette fille, molle et faible, écoutait trop volontiers, depuis des mois, cette passion de paresse et
de vanité que le père contrariait à la Fromentière
et qui s'épanouirait librement, là-bas, à la ville.
Ne plus boulanger le pain, ne plus traire les
vaches, être une demi-dame, porter des chapeaux
à rubans.., pour des raisons pareilles, elle s'en
allait au hasard, n'ayant d'appui que son frère,
qui serait absent tout le jour. Elle cédait aussi par
contagion d'exemple, par ignorance de tout. Elle
s'abandonnait à l'aventure, à l'habitation dans un
faubourg, aux familiarités des clients de café, sans
deviner le péril, avec l'inconscience de la profonde
campagne, qui ne connaît que ses propres misères.

La séparation était accomplie. Au moment où le métayer partait, dans l'espoir de ressaisir encore ses enfants, Éléonore avait rapidement quitté l'abri de la grange où elle s'était cachée, et, malgré les supplications de Marie-Rose et de Mathurin lui-même, elle avait assemblé, courant de chambre en chambre, les quelques vêtements et le peu de linge et d'objets qui lui appartenaient. A toutes les prières de Rousille qui la suivait et la suppliait de rester, à des questions beaucoup moins émues de Mathurin, elle répondait :

— C'est François qui l'a voulu, mes amis ! Je ne sais pas si je serai heureuse, mais il est trop tard maintenant, j'ai promis.

Et elle avait une si grande crainte de voir revenir le père, qu'elle était comme folle de hâte. En peu de temps, elle avait achevé son paquet, abandonné la Fromentière, gagné le chemin creux où elle attendrait, blottie derrière les haies, le passage du tramway à vapeur qui vient de Fromentine et conduit à Challans. Là, elle devait retrouver François.

Il y avait de cela plusieurs heures.

Dans l'intervalle, le père était rentré, au galop de la Rousse.

— Éléonore ? avait-il crié.

— Partie ! avait répondu Mathurin.

Alors, à demi fou de chagrin, jetant les guides sur le dos de la bête en sueur, le métayer, sans rien expliquer, s'était dirigé à grands pas vers Sallertaine. Avait-il une dernière espérance, une idée ? Ou bien sa maison déserte lui faisait-elle peur ?

Il n'avait pas encore reparu. La nuit tombait. Une brume moite, enveloppante et douce comme la mort, couvrait les terres, et fouillait jusqu'aux fentes du sol. Dans la salle de la Fromentière, devant le feu que personne n'attisait, devant la marmite qui bouillait à peine avec un bruit de plainte, les deux seuls enfants que possédât la ferme veillaient, mais combien différents ! Rousille, nerveuse, brûlée de fièvre, ne pouvait tenir en place, et tantôt se levait de sa chaise, joignait les mains et murmurait : « Mon Dieu ! mon Dieu ! » tantôt allait jusqu'à la porte ouverte sur la nuit. Là, frissonnante, elle se penchait dans l'air trouble et mêlé d'ombre.

— Écoute ! disait-elle.

L'infirme écoutait, et disait :

— C'est le biquier de Malabrit qui ramène son troupeau.

— Écoute encore !

Des abois légers, lointains, portés dans le grand silence, venaient mourir contre les murs.

— Je ne reconnais pas la voix de Bas-Rouge, reprenait Mathurin.

Et, de quart d'heure en quart d'heure, un pas, un cri, un roulement de voiture les mettait en alerte. Qu'attendaient-ils? Le père qui ne rentrait pas. Mais, Rousille, plus jeune, plus croyante à la vie, attendait aussi les autres, l'apparition de François ou d'Éléonore, pas des deux, de l'un seulement, — était-ce trop? — qui se repentait et qui revenait. Que ce serait bon! Quelle ivresse d'en revoir un! Il semblait que l'autre aurait eu le droit de partir, si l'un des deux reprenait sa place à la maison. La petite se sentait soulevée au-dessus d'elle-même, par le devoir obscur, seule femme, seule agissante, dans l'abandon de la Fromentière.

Mathurin, assis près du feu, les pieds enveloppés dans une couverture, demeurait courbé, et la flamme rougissait sa barbe que le menton écrasait contre sa poitrine. Depuis des heures, il ne bougeait pas, il parlait le moins possible. Des larmes coulaient, par moments, le long de ses joues. D'autres fois, Rousille, en le regardant, s'étonnait de voir, dans cette physionomie absorbée par le rêve, passer une espèce de sourire qu'elle ne comprenait pas.

L'horloge sonna neuf heures.

— Mathurin, dit la jeune fille, j'ai peur qu'il ne soit arrivé malheur à notre père !

— Il raisonne de son chagrin avec le curé, peut-être, ou avec le maire.

— Je me dis ça, mais tout de même j'ai peur.

— C'est que tu n'as pas comme moi l'habitude d'attendre. Que voudrais-tu faire ?

— Aller au-devant de lui, sur la route de Sallertaine.

— Va, si tu veux.

Rousille courut aussitôt dans sa chambre, et, à cause du brouillard, prit sa cape de laine noire. Quand elle revint, pareille à une petite religieuse, elle trouva Mathurin debout. Il avait rejeté la couverture. Les béquilles étaient couchées à terre, et, par un effort de volonté, il se tenait presque droit, appuyé d'une main sur la table, et de l'autre sur le dossier de la chaise. Il regarda sa sœur avec un air d'orgueil et de souffrance domptée. La sueur perlait sur son front.

— Rousille, dit-il, qu'est-ce que tu ferais, toi, si le père ne revenait pas ?

— Oh! ne dis pas ces choses-là ! fit-elle, en se

cachant les yeux avec la main. Et ne reste pas
comme ça sur tes jambes, tu me fais mal !

— Eh bien ! moi, dit Mathurin gravement, je
prendrais le commandement ici. Je me sens de la
force. Je sens que je guérirai...

— Assieds-toi ! Assieds-toi, je t'en prie : tu vas
tomber !

Mais il demeura debout tandis qu'elle gagnait
la porte. A peine avait-elle franchi le seuil, qu'elle
entendit cette masse humaine qui s'affaissait avec
un gémissement. Elle se détourna. Elle vit que
l'infirme s'était rassis sur la chaise et qu'il se
serrait à deux mains la poitrine, où le cœur, sans
doute, battait trop vite. Alors, sans bruit, peu-
reuse comme une chevrette qui se lève des fougères, elle s'élança dans la cour, puis dans le
chemin.

La lune naissante avait pâli la brume et l'avait
diminuée. On voyait loin déjà. Dans une heure, la
nuit serait claire. Marie-Rose, évitant les haies,
suivait le milieu de la virette qui conduisait au
verger clos, puis au bord des prés. Elle courait
presque. Elle avait peur. Elle ne ralentit la marche
qu'à la lisière du Marais, là où le chemin, subitement élargi comme un petit fleuve côtier, mêlait
son herbe à l'herbe indéfinie. Alors, rassurée

de se sentir isolée dans la lumière, elle écouta.
Où était le père ? Elle espérait entendre un pas de
voyageur sur la route, ou bien l'aboi du chien
Bas-Rouge. Mais non : dans le paysage de brouillard et de rêve qui se formait et se déformait
incessamment devant elle, parmi les clartés molles
en mouvement, un seul bruit passait, le roulement lointain de la mer contre les dunes de
Vendée.

Elle allait tourner à droite, suivre l'étier, gagner
le pont de Sallertaine et les premières maisons
amies, quand un sifflement bien connu, comme
celui d'un vanneau, la rejoignit. Était-ce possible ?
Tout le sang de la petite lui reflua au cœur. Elle
s'arrêta court, de surprise et de ravissement. Elle
n'eut pas la force de regarder derrière elle. Mais,
immobile, elle écouta venir celui qu'elle avait
reconnu. Il venait, par le chemin qu'elle quittait,
des derniers buissons de la Fromentière. Et,
debout dans l'herbe, tremblante, elle sentit deux
mains se poser sur ses épaules ; puis un souffle
passa dans l'aile droite de sa cape ; puis un homme
se planta lestement en face d'elle, et dit :

— C'est moi, Rousille ! Vous n'avez pas peur ?

Il était là, dans sa veste brune, un bâton à la
main, fier de son coup d'audace. Malgré son cha-

grin, Rousille ne put retenir un cri de joie. Un
sourire lui monta du cœur, comme une bulle d'air
qui traverse l'eau trouble, et que rien n'arrête
plus, et qui s'épanouit :

— Ah ! que je suis contente ! dit-elle.

Mais elle se reprit aussitôt.

— Non, j'ai tort de vous parler comme je fais.
Vous ne savez pas le malheur de chez nous :
François est parti ; Éléonore est partie, je suis
toute seule à la maison, et je cherche le père qui
n'est pas rentré... Je n'ai plus de temps pour
vous, Jean Nesmy. Ce serait mal !...

Il voyait à mesure le sourire s'effacer sur le
visage de Rousille, qui était en lumière. Et
comme elle ramenait les bords de sa cape, et les
croisait sur sa poitrine pour se remettre en route,
il dit rapidement :

— Je sais tout, Rousille. Voilà trois jours que
je demeure à Challans, pour essayer de me placer
pas trop loin d'ici. Et je n'ai pas trouvé. Mais,
ce soir, j'ai appris dans la ville le départ de
François. Tout le monde en parle, d'une manière
ou d'une autre. Moi, je suis accouru, sans me mon-
trer. Je vous ai guettée dans le jardin, dans l'aire.
Depuis le coucher du soleil, je vous ai entendue
pleurer. Mais je n'ai vu sortir que le métayer.

— Où est-il? A Sallertaine, n'est-ce pas?

— Non, il y est allé, puis il est revenu. J'étais caché ici près. Il a passé où nous sommes, et il levait les bras, et il causait avec lui-même, comme ceux qui ont l'esprit malade.

Elle demanda, effrayée :

— Il y a longtemps?

— Un quart d'heure.

— Par où a-t-il pris?

Jean Nesmy étendit la main vers les terres fermes, et montra les masses floconneuses de feuillages qui remontaient la pente, un peu plus loin.

— Par les allées du château, je crois bien. Il a passé l'échalier à moins de cent mètres d'ici.

— Merci et adieu, Jean, il faut que j'aille!

Mais il lui prit la main, et, à son tour, il devint tout grave.

— Oui, dit-il, je comprends bien... mais moi, vous ne m'aurez plus tout à l'heure. Demain, je retourne dans le Bocage de chez moi. Et je suis revenu pour savoir une chose de vous. Rousille, qu'est-ce que je répondrai à la mère Nesmy, demain, quand elle me demandera : « C'est-il bien vrai qu'elle t'a promis ses amitiés? Quelle parole t'a-t-elle donnée en te quittant? Mon pauvre Jean, les filles qui ont du cœur, quand elles voient s'éloigner leur bon ami, elles lui laissent une parole qui est comme un anneau d'accordailles, et qui tient compagnie. Que t'a dit celle de la Fromentière ? » Si vous ne me dites rien, elle ne me croira pas !

La solitude claire les enveloppant, leurs ombres ne faisaient qu'une tache dans l'herbe pâle. Rousille, triste, sous les yeux ardents de son ami, répondit :

— Ne revenez pas avant que Driot se soit bien établi chez nous. Dans plusieurs mois, vers la moitié de l'hiver, si les gens d'ici qui vont à vos marchés rapportent qu'il travaille comme un vrai métayer, et qu'il est vu dans les foires et dans les veillées, surtout si l'on vous dit qu'il cause avec une fille de Sallertaine, revenez parler à mon père. Mon père ne veut pas d'un Boquin pour gendre. Mais si, moi, je ne veux pas d'autre mari que vous ? Si André parle pour moi ? Est-ce qu'on sait ? Le père a dit de bonnes choses de vous, après votre départ.

— Vraiment, Rousille ? Lesquelles ?

— Non, pas maintenant : il faut que j'aille, adieu !

Il ôta son chapeau avec un joli geste de respect.

Et il n'essaya pas de la retenir davantage. Déjà Rousille courait sur le pré, tournant le dos à Sallertaine. Elle longeait les derniers buissons des terres qui bordent le Marais. Sa cape flottait un peu, noire dans la brume. Plus d'une minute après qu'elle eut disparu par l'échalier, Jean Nesmy demeura immobile, en ce même endroit de la rive où, pour lui, les mots qu'elle avait dits étaient encore vivants. Puis, lentement, comme ceux qui apprennent par cœur et qui ne regardent point autour d'eux, il s'éloigna vers Sallertaine, pour remonter de là vers Challans. Une joie chantait en lui. Il se répétait : « A la moitié de l'hiver, si les gens d'ici qui vont à vos marchés vous rapportent qu'il travaille comme un vrai métayer, revenez... »

La seule chose qu'il vit jusqu'à Challans, c'est qu'à la pointe des saules, les feuilles étaient jaunies déjà, et clairsemées.

Rousille avait pénétré, par la brèche, dans un champ de chaume, et de là dans une étroite bande de taillis. En mettant le pied sur le sable d'une allée, elle s'arrêta, prise de peur dans cette solitude, ressaisie également par le respect instinctif du domaine seigneurial, où les Lumineau, même aujourd'hui, n'entraient que bien

rarement, de crainte de déplaire au marquis.
C'était la lisière du parc. De toutes parts, devant
Rousille, des pelouses montaient, éclairées par
la lune, paisibles, et où dormait, en îles rondes
et décroissantes, l'ombre bleue des futaies. L'ave-
nue tournait au milieu d'elles. Tantôt dans la
lumière et tantôt dans les bois, Rousille se mit
à la suivre, l'œil aux aguets, le cœur battant.
Elle cherchait des traces de pas sur le sable, elle
essayait de voir dans l'épaisseur des fourrés.
Était-ce le père, là-bas, cette forme sombre, le
long des gaulis ? Non, ce n'était qu'un pieu de
clôture vêtu de ronces. Partout des épines, des
racines, des branches mortes, des touffes d'herbe
dans les allées. Comme l'abandon avait grandi
avec les années ! Plus de maîtres, plus de vie,
plus rien. Rousille sentait, en avançant, s'aviver
en elle la peine de la fuite d'Éléonore et de
François. Eux aussi, sans doute, ils ne revien-
draient pas au pays. Elle avait moins de peur
et plus de chagrin... Tout à coup, au détour d'un
massif de cèdres, le château surgit avec son haut
corps de logis, ses tourelles d'angle, ses toits
aigus, dont les girouettes, immobilisées par la
rouille, marquaient le vent d'autrefois. Des
chouettes en chasse enveloppaient les pignons de

leur vol muet. Les fenêtres étaient closes. Sur
les volets du rez-de-chaussée, on avait même
cloué des voliges en croix.

Si anxieuse qu'elle fût, la jeune fille ne put
se défendre de considérer un moment cette façade
morne, rayée par les pluies d'hiver, grise déjà
comme une ruine. Et, tandis qu'elle se tenait là,
devant le perron, sur le large espace découvert
où tournaient jadis les voitures, elle entendit un
murmure lointain de paroles. Elle n'hésita pas :
« C'est le père ! » pensa-t-elle.

Il était assis à une centaine de mètres du
château, à la moitié de la courbe d'un massif
de bouleaux, sur un banc que Rousille connaissait
bien, et qu'on appelait, dans le pays, le banc de
la marquise. Plié en deux, la tête appuyée sur
ses deux poings, il regardait le château et les
futaies inégales qui dévalaient la pente vers le
Marais. Rousille s'approchait de lui, en longeant
le massif, et il ne la voyait pas. Elle s'approchait
et elle entendait les sanglots de celui qui pleurait
ses deux enfants. Elle commençait à distin-
guer deux mots qu'il répétait comme un refrain :
« Monsieur le marquis ! monsieur le marquis ! »

Et, pendant qu'elle se hâtait, sur l'herbe qui
la portait sans bruit, la petite Rousille eut

l'affreuse pensée que son père était devenu fou.

Non, il ne l'était pas. La douleur, la fatigue d'errer, la faim qu'il ne sentait pas, avaient seulement exalté son esprit. N'ayant rencontré d'aide et d'appui nulle part, désespéré, il était revenu là, par instinct et par habitude, près de la porte du château où, tant de fois, il avait frappé avec assurance. Le temps avait disparu pour lui. Le métayer se plaignait tout haut au maître qui n'était plus là pour entendre : « Monsieur le marquis ! monsieur le marquis ! »

La jeune fille rejeta en arrière le capuchon qui lui couvrait la tête, et, debout, à deux pas de son père, elle dit très doucement pour ne pas l'effrayer :

— Père, c'est Rousille... Je vous cherche depuis une heure. Père, il est tard, venez !

Il tressaillit, et la regarda avec des yeux qui ne pensaient pas, et qui rêvaient encore.

— Figure-toi, répondit-il, que le marquis n'est pas là, Rousille ! Ma maison s'en va, et il ne vient pas me défendre. Il aurait dû revenir, puisque je suis dans la peine, n'est-ce pas ?

— Sans doute, père, mais il ne sait pas, il est loin, à Paris.

— Les autres, Rousille, ceux de Sallertaine, ne peuvent rien pour moi, parce que ce sont des pauvres comme nous, des gens qui n'ont de commandement que sur leur métairie. J'ai été chez le maire, chez Guérineau, de la Pinçonnière, chez le Glorieux, de la Terre Aymont. Ils m'ont renvoyé avec des paroles. Mais le marquis, Rousille, quand il sera revenu ? Quand il apprendra tout ? Ce sera peut-être demain ?

— Peut-être.

— Alors, il ne voudra pas que je sois tout seul dans mon chagrin. Il m'aidera, il me rendra François; n'est-ce pas, petite, qu'il me rendra François ?

Il parlait haut. Les mots s'en allèrent frapper la façade du château, qui les relança, plus doux, aux avenues, aux pelouses, aux futaies, où ils se perdirent. La nuit, toute pure, les écouta mourir, comme elle écoutait les frôlements des bêtes dans les buissons.

Rousille, voyant le père si troublé, s'assit près de lui, et lui parla un peu de temps, tâchant de trouver une espérance, elle qui n'en avait pas. Et, sans doute, une vertu apaisante, une force consolatrice émanait d'elle. Bientôt il se leva, de lui-même, et prit le bras de l'enfant, quand elle eut dit:

— A la maison, il y a Mathurin, mon père, qui vous attend.

Il considéra longtemps, attentivement, sa jolie petite Rousille, toute pâlie par la fatigue et l'émotion.

— C'est vrai, répondit-il ; il y a Mathurin ; il faut aller.

Tous deux ils repassèrent devant la façade du château ; ils s'engagèrent dans l'allée qui menait aux communs, et, de là, dans les champs de la ferme. A mesure qu'ils approchaient de la Fromentière, Rousille sentait que le métayer reprenait la pleine possession de lui-même. Quand ils furent dans la cour, elle dit, dans un élan de pitié pour l'infirme :

— Mon père, Mathurin est bien malheureux aussi. Ne lui parlez pas trop de votre peine.

Le métayer, dont le courage et la claire raison étaient ressuscités, essuya ses yeux, et, précédant Rousille, poussant la porte de la salle où l'infirme étendu songeait à côté de la chandelle presque consumée :

— Mathurin, dit-il, mon enfant, ne te fais pas trop de peine... Ils sont partis, mais notre Driot va revenir !